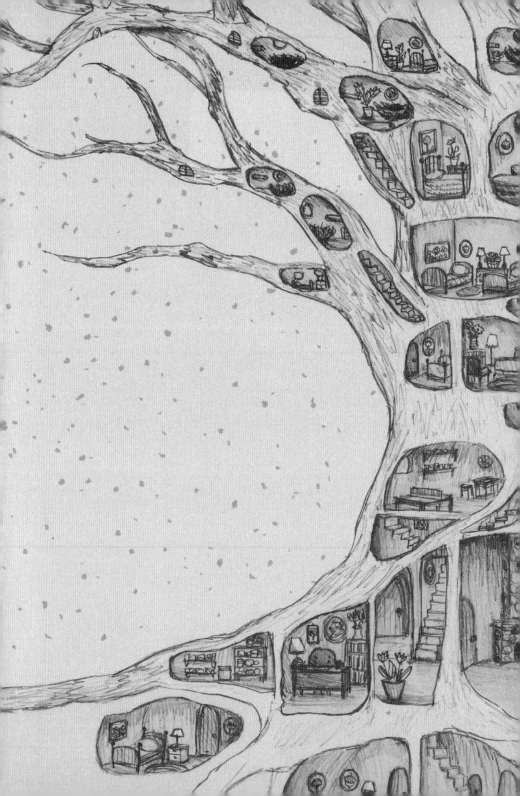

Heartwood Hotel

樹旅館

重建溫暖的家

凱莉‧喬治 Kallie George 著

史蒂芬妮‧葛瑞金 Stephanie Graegin 繪

柯清心 譯

各界暖心好評

在精巧的篇幅中，作者以田園詩般的優美文字，將「主角的身世之謎」、「人際互動」以及「樹旅館面臨的挑戰」三個主軸，巧妙編織成一個可愛又迷人的森林動物故事，引領讀者在樂趣之中，思考愛與家的意義。

—— 王宇清（作家）

蕨森林如同有著陌生與險惡的現實社會，對孤苦無依的小老鼠莫娜而言，她的絕望並沒有像傷口膿水不斷滲透，取而代之的卻是盈滿盼望的心思。有樹旅館的陪伴，溫暖友誼如春雨潤澤了莫娜的心，堅定信念如秋果溢滿莫娜的意志。

——黃淑貞（小兔子書坊店主）

蕨森林遇到了前所未有的大災難，樹旅館也難以倖免，故事緊湊得令人喘不過氣，彷彿身歷其境，和莫娜一起經歷親情、友情、同伴的愛與悲喜。故事中的情感考驗，包含面對陌生的狐狸，莫娜的身世之謎，與夥伴好友離別時的情緒轉折，決心回旅館尋找賀伍德先生的勇氣

等，交織成一片屬於「我們」的愛意。「分一半，說再見；重逢時，一起吃」的感動一直在心中迴盪。每一個環節在在證明著：有愛流淌的地方，就是「家」。

——陳家盈（翻轉讀書繪文學工作坊 負責人）

勇敢又善良的莫娜在樹旅館系列，不斷找尋「家」與「家人」，在系列的結尾，我猜她也得償所願。在這本書中，我們看到動物最害怕的森林大火，莫娜一如以往的向挑戰邁去，跟著她的心走，不讓恐懼阻擋她的腳步。她是最模範的典例。我真的很喜歡這套可愛的書，不僅自己讀，也推薦給我的孩子讀。

——MarniSoup（亞馬遜網路書店讀者五星好評）

八歲的女兒是個喜歡閱讀，個性感性的孩子，替她尋找沒有太多衝突紛爭，適合睡前閱讀的好書並不容易。《樹旅館》是一套溫馨、輕鬆，在睡前需要放鬆心情的推薦讀物。

——Caitlin（亞馬遜網路書店讀者五星好評）

在故事中，不論是誰都有其不完美之處，卻替我們上了寶貴的人生課程。如何勇敢、適時伸出援手、珍惜已擁有的事物等等。書中各個角色深入人心，故事情節縱然有起起伏伏，但最後都能有愉快、正向的結尾。

——Jeanna D. Frye（亞馬遜網路書店讀者五星好評）

 V

小老鼠莫娜的回家路

柯清心（本書譯者）

　　《樹旅館》是一系列四部的暖心童話故事。故事場景發生在溪水穿流，林木茂盛的蕨森林中，一間以服務聞名的豪華旅館——樹旅館。故事裡的「人物」，除了旅館老闆賀伍德先生、旅館的員工之外，還有森林中大大小小的動物，甚至連昆蟲也一起來湊熱鬧，加入這場演出。他們一起建構出一個熱鬧非凡、繽紛多樣的世界，呈現各種互動與喜怒哀樂，就跟人類的世界一模一樣。

　　書中女主角——小老鼠莫娜，一開始在秋風瑟瑟的森林裡流浪。莫娜在一場粗蠻的暴風雨裡，失去了爸爸、媽媽，因此只能獨自孤單的生活。沒有了父母的保護，在危機四伏、充滿飢餓野獸的蕨森林裡，幼小的莫娜必須比其他小動物更加膽大心細，才能保住自己的性命，否則隨時可能被他們當成餐飯，吞進肚子裡。

　　莫娜在一次躲避狼群攻擊的過程中，不小心闖入了賀伍德先生經營的隱密旅店——樹旅館。從此之後，她的生活便

起了翻天覆地的變化。

原本只是被賀伍德先生好心暫時收留，在旅館裡當臨時工的莫娜，憑藉著體貼勤奮的個性，為旅館的住客化解問題，並以她過人的勇氣與機智，為旅館解除危機。莫娜最後終於獲得住客與員工的信任，為自己爭取到旅館服務生的全職工作，在樹旅館裡長住下來。

《樹旅館》系列故事的推進，大致上沿兩條主軸進行。一是外在的客觀環境，也就是大自然的季節變化。小讀者會隨著四季的更迭，看到動物在不同時令下的樣態，以及他們在相應的季節中，必須面對的考驗。

《樹旅館》在落葉蕭瑟的秋天，拉開了第一集的序幕，之後分別以冬日、春季為背景。

在漫天白雪的寒冬，旅館接待的多半是來冬眠的住客，員工的主要工作，就是為住客打造一個溫暖安全、食物充足的環境。

到了百花齊放的春天，樹旅館也跟著熱鬧起來。接二連三的活動，迎來一批帶著新生寶寶的新手父母，加上請來製蜜的蜂群、表演燈光秀的螢火蟲，春天的樹旅館，簡直堪稱熱鬧喧天。

《樹旅館》把「保護與尊重」奉為座右銘，員工不會因

為住客的身分而差別對待，就連小小的昆蟲在這裡，也能得到平等的待遇。

　　一系列故事在炎炎的夏日收場。樹旅館在這個季節，舉辦了一場盛大的婚禮——歡送可愛的廚師刺刺女士出嫁。這讓第一次參加婚禮，首次見識到大家族的莫娜，大開眼界。可惜在歡天喜地的婚禮後，動物卻要面臨一場最令他們害怕的夏季災難——森林大火。

　　然而也就是最後的這場大火，燒出了貫穿系列的第二個主軸——家——這也是《樹旅館》最核心的主題。

　　《樹旅館》系列，可以說是小老鼠莫娜尋找歸屬，最後找到新家的歷程。孤伶伶的莫娜，在不知不覺中，把大自然從她身邊奪走的家庭，用自己的方式，重新慢慢的拼湊回來了。

　　這不是一天，也不是兩天，就能夠辦到的事。而是莫娜三番兩次，在危難中挺身而出，以機智化解危機，用真誠對待身邊每一位朋友，所贏取來的。

　　莫娜在枯葉滿地的秋天，引導狼群誤闖大熊的巢穴，使樹旅館免於曝光。

　　在寒風暴雪的冬夜，冒著生命危險，與田鼠小帽一起在雪中尋找迷途的松鼠提莉、亨利。他們的壯舉，不僅化解旅

館短缺糧食的難關，也融化了原本鐵石心腸的兔子女公爵，使女公爵敞開心胸，為一群挨餓受凍的孤兒動物，打造一個收容他們的地方。

當貓頭鷹在春日夜晚大舉來襲時，莫娜放下對小松鼠亨利的心結，一起合作，找來蜂群和螢火蟲隊，奮勇解救躲在舞臺下的大家。

莫娜在朋友齊心協力的幫助下，完成了一件又一件不可能的任務。她的勇敢善良，使她和樹旅館的朋友，慢慢建立起堅實的革命情感，和牢不可破的信任。

大夥兒隨著時間推移，逐漸凝聚出家人般的關係——大夥兒一塊生活，一起吃飯，偶爾吵架拌嘴，卻又彼此關心——家人不就是應該這樣子的嘛！

「家」的意義，就這樣在莫娜心中，悄悄的起了一些變化。家庭成員，不必是同類同種，也不一定非要血緣至親才行。一個相互肯定接受，愛護關心，並彼此扶持的環境，就是最好的家。

莫娜的爸爸生前曾經在樹旅館的大門上刻過一顆心，那是她父母少數留在世間的痕跡。莫娜曾經很努力的探聽爸爸、媽媽的事跡，試圖拼湊出記憶中他們已經模糊的身影。

森林之火破壞了樹旅館所在的大橡樹，但那似乎變得不

再重要了，因為只要有家人的地方，就會是莫娜的歸屬。

　　不管氣候怎麼變化，不管森林裡有什麼意想不到的災害，這個由一群好友組成的家庭，都將為莫娜遮風擋雨。

　　也許莫娜的爸爸，當年在刻下那顆心時，也同樣覺得樹旅館是個安頓身心的好地方吧。那顆刻在門上的心，就是他們對女兒及世間萬物，最好的祈願與祝福——保護自然，尊重萬物，好心善待世界，世界也將回報於你。

 XI

目次

獻給我日益茁壯的家族

——凱莉·喬治

致葛蘿莉亞

——史蒂芬妮·葛瑞金

Heartwood Hotel

樹旅館

重建溫暖的家

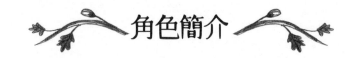

角色簡介

賀伍德先生　旅館老闆

溫文儒雅的獾。他為了讓所有動物有個安全的地方可以休息,因此開設了樹旅館。「我們堅持『尊重與保護,絕不以爪牙相向』。」是樹旅館的服務精神。

莫娜與提莉

服務生及服務生領班

熱血的小老鼠與脾氣不太好的紅毛松鼠。莫娜與提莉是相互扶持的好朋友,她們負責所有客房的清潔與服務,也一起合作解決所有大大小小的問題。

刺刺女士與奎爾森先生

廚師與旅館賓客

多年後重逢的豪豬。刺刺女士是樹旅館的廚師,各式糕點都難不倒她,因為一張活動宣傳單的關係,與奎爾森先生在驚魂的夏夜重逢,再度墜入愛河。

吉爾斯與希金斯太太

櫃檯接待與旅館管家

以身為樹旅館一員為榮的蜥蜴與和藹的刺蝟。吉爾斯負責客房預約及入住的行政工作，希金斯太太負責管理旅館內的大小事務。

草莓　居間客棧老闆

巧手的老鼠。樹旅館難得見到的老鼠賓客，在刺刺女士去度蜜月時，暫時接手廚房的事務。說話輕聲細語、廚藝精湛的草莓，是莫娜一直期待能遇見的同類，也是與莫娜父母相識的舊友。

樂樂

說話速度很快的蜂鳥。樂樂雖然個子很小，但是一心想要成為替大家帶來愉快消息的信差。她堅信，只要好好的訓練，即使身形小，依舊可以完成重大的任務。

小焰

受了傷而出現在旅館門口的狐狸。在森林大火中與家人失散的小焰，雖然沒有留在樹旅館休息，但莫娜對他的善意與協助，讓他在傷勢恢復之後，決心要盡一己之力回報她。

婚紗意外

沒有任何一個地方像樹旅館一樣，那是整座蕨森林裡最大的一棵樹。森林的一頭有麓丘，另一端是村子，而位於正中央的，就是這間大旅館，還有一條像根長長、彎彎的鬍鬚般，從旅館邊蜿蜒而過的小溪。大家都很愛樹旅館——尤其是夏天的時候。對動物而言，旅館主要是休息的場所，可是對於旅館的員工來說，例如服務生莫娜，**旅館就是家。**

一個非常小巧、樸實的家！

此時旅館裡布滿了陽光和長刺，因為員工與賓客都

忙著準備一場豪豬的婚禮，而且不是普通的豪豬，是旅館的廚師——刺刺女士，就要嫁給曾經住過樹旅館，讓她深深墜入愛河的奎爾森先生。

今天就是大喜的日子，莫娜和她最要好的朋友紅毛松鼠提莉，終於可以放下服務生的工作。她們在莫娜的房間裡穿著打扮，提莉一向愛發脾氣，但是在穿上有心形圖案的衣服，而不是平時穿的圍裙之後，就連她的脾氣也跟著好了起來。她們倆跑上樓去幫新娘子打扮。

她們在二樓美容沙龍的角落，總算找到刺刺女士。房間裡擠滿了豪豬的尖刺，因為刺刺女士的親朋好友都在精心打扮做準備，在房間裡走動時，幾乎不可能不被扎到。幸好，美容沙龍老闆柏金思是隻負鼠，可以用尾巴倒掛在天花板上。

他現在就倒懸著身體，忙著把尖刺抹亮、往下梳。莫娜跟他從未正式見過面。柏金思不喜歡跟其他動物閒聊，這一點也不奇怪，

因為大家似乎都很愛對他使來喚去。

「一定要用煤煙油把我的灰刺蓋住。」一頭老豪豬命令著柏金思。

「我可以不用繼續坐在吹毛機下邊了嗎？」另一頭豪豬問。「坐在這裡，不加熱就已經夠熱了，何況**我根本沒有毛！**」

天氣超熱，整個夏季都很熱，焦躁的賓客已經開始發脾氣了。

「別拉得這麼用力！」老豪豬抱怨說。

嗖！

她身上射出一根尖刺，扎進天花板裡，差點沒射中柏金思，引起所有賓客的注意。柏金思對莫娜做了一個瞪大眼睛的表情。

莫娜皺起眉頭。由於她是員工中個頭最小的，所以

到目前為止，都還能免於被刺。

可是提莉就不一樣了，她被刺中兩回了，這下有三次了……

「唉唷！」提莉大叫一聲。「莫娜，**你來吧！**」她把結婚禮服交給莫娜。

提莉撫著自己痠疼的身側，莫娜則把禮服套進刺刺女士背上，兩根尖刺立即戳穿布料。

「這樣不行啦！」刺刺女士嗚咽說。

莫娜正打算表示「我也這麼覺得」的時候，卻發現刺刺女士指的不是她的禮服，而是她抓在手裡，正在檢

視的一份清單。「如果再有一個賓客出席，我不知道會出什麼事！」她壓低聲音說。

「可是，我還以為所有賓客都到了。」莫娜說。

「**最好是啦。**」提莉說著翻了翻白眼。

「還有更多賓客不斷跑來！」刺刺女士回答道：「真希望婚禮不要有這麼多驚喜，我寧可我的種子蛋糕，能堆放在我看得到的地方。我根本數不清這裡有多少長輩和表親。」她環視房間，然後悄聲說：「你們大概以為，這麼多親戚裡面，總有一個會煮飯的吧。」她嘆口氣：「我阿姨連水煮種子都不太會，結果**她**竟然要負責做蛋糕，天知道會發生什麼事！」

老實說，能舉辦一場有這麼多親戚參加的大派對，莫娜想不出有什麼比這個更棒的事了。這是她畢生參加的第一場婚禮，可是在旅館裡見識過許多場婚禮的提莉卻說，婚禮派對很詭異。「你從來料不準，**誰**可能會突然就哭了。」

真的！刺刺女士現在看起來，就一副可能隨時會哭

的樣子。

雖然通常出聲安慰的總是剌剌女士，但此時卻是莫娜說：「別擔心！我們來幫你著裝吧。」

她和提莉一起拉著禮服。

嘶！

禮服從中間撕裂了。就在剌剌女士急到快掉眼淚時，亨利把頭探進沙龍裡。「你們在這兒啊！」他大聲喊說。

亨利是提莉的弟弟，也是旅館的門僮。他匆匆繞過一幫豪豬，來到莫娜和提莉身邊。亨利被剌中了一兩次，但他似乎並不介意。莫娜看得出他很興奮，因為他的紅尾巴蓬得跟他的身體一樣大。

「你們猜怎麼了，怎麼了？」亨利沒等她們回答：「有訪客來啦！」

剌剌女士哭得更大聲了。「又有賓客了嗎？」她大聲說。

「又有豪豬了？」提莉跟著哀號。

亨利拼命點頭──然後又搖頭。「是的……不是啦，我的意思是……的確有位賓客，但不是豪豬，」亨利深深吸一口氣，「而且她不是來這裡看你的，刺刺女士。」他指著莫娜說：「她是來找你的！」

　　莫娜簡直不敢相信，這可真是出乎意料的驚喜！

神祕的小老鼠

是誰在等我？莫娜一邊猜，一邊匆匆走下旋繞在大樹中央的樓梯，樓梯從樹頂的觀星陽臺，直通到深土底下的冬眠套房。這棵參天的老橡樹，可以容納各種類型的住客，從天上飛的到地上走的，無一不包。

不過，莫娜實在沒料到自己會有什麼訪客。除了旅館員工和幾位結為朋友的住客之外，她根本不認識其他動物。

莫娜來到大廳，停下腳步。這裡跟美容沙龍室一樣，擠滿了豪豬！長著尖刺的一群賓客跑來跑去，拎著

大包小包的東西和裝飾品。

整個大廳布滿了婚禮的裝飾，長著芒刺的紫薊花沿櫃檯串掛，前門上方有藍色薊花，連火爐裡都有薊花盛開。賀伍德先生嚴格下令不許生火，因為在炎熱乾燥的夏季會很危險（只有廚房裡可以生一把火，但即使如此，旅館菜單上大部分都是沙拉），因此火爐裡擺了一大把紅如火焰的薊花。就在花兒前面，站了一位**絕對不是**豪豬的訪客。

那是一隻老鼠！

莫娜在樹旅館工作，算起來也整整三季了，她從未遇過小老鼠。莫娜的父母很久以前曾在樹旅館待過，她的爸爸甚至在旅館前門刻了一顆心。可是莫娜在這間豪華旅館裡，從未遇過自己的同類。為什麼會有一隻老鼠跑到這裡？**來找她？**這跟她父母有關係嗎？

剛抵達的老鼠，頭上戴了一大頂草帽，帽子後邊打了一個漂亮的粉紅色蝴蝶結，她拎著一個寫著「**火柴**」的盒子做成的行李箱。莫娜以前從來沒看過這種行李

箱，老鼠腋下夾著一份捲起來的《松果日報》，正望著火爐上的告示牌：**我們堅持「保護與尊重，絕不以爪牙相向」**。老鼠邊看邊點頭。

「那是我們的座右銘。」莫娜說著走到老鼠後方：「聽說您要找我？」

老鼠轉身一看到莫娜便笑了。莫娜很確定自己從來沒有見過這隻小老鼠，但她身上似乎有一種熟悉的感覺。她的年紀比莫娜大很多，毛色都灰了，但仍然十分光亮，而且眼神很溫柔。她戴著白手套，脖子上掛了一顆刻成心形的小種子。她的外套上面繡著**「居間」**的字樣，莫娜不知道那代表什麼意思，但是看起來非常時髦。莫娜很慶幸自己也稍有打扮、儀容整齊。

「天啊，你一定就是莫娜。」老鼠用甜美的嗓音緩緩的說。她放下行李箱，脫掉一只手套，伸出手：「我聽說過很多你的事情。」

「您……是嗎？」莫娜結結巴巴的握著老鼠的手說。

「是啊。」老鼠把莫娜從鼻子到尾巴打量一遍。「我……呃……」她似乎一時間說不出話，最後她終於表示：「你看起來好……好年輕。我以為……不過，你那時候當然還很小。」老鼠連忙問：「你一直都在當服務生嗎？」

「其實沒有，我一年前才開始在這間旅館工作。」莫娜說。

「噢，那麼在那之前，你是跟你父母同住嗎？」

「沒有。」莫娜再次表示，不太懂對方幹嘛問這些問題。「我父母……很久前就過世了，我沒有任何家人。」

老鼠摸著自己的項鍊。「噢，小甜心，我實在很……很遺憾。」她說得非常真心，莫娜看得出來。

「沒關係，您又不知道。」莫娜說：「我現在到了樹旅館，有個很棒的家了。」

老鼠點點頭。「聽說你是位很優秀的服務生。」

莫娜臉一紅。「可是……請問您是哪位？」

「我的名字叫草莓，」老鼠回答說，「我是從居間客棧過來的。」

「居間客棧？」莫娜問。

「是啊，你沒聽說過我們嗎？」草莓看起來頗失望。

「當然聽過了！」有個聲音冒出來說，負責櫃檯的蜥蜴吉爾斯從兩隻豪豬之間擠出來，調整自己的綠色領結。「居間客棧是**最棒的旅舍**，專門給村子裡的老鼠和小動物住！你們能重新利用房子的居間夾層，改裝成特殊旅館，這個點子真是太讚了。不過我必須溫馨提醒，『居』住大型動物之『間』，可千萬別被輕易瞧見。」

「我確保所有員工都受過良好的訓練——而且非常謹慎。」草莓說。

「很高興能認識客棧的老闆，據說您有十幾位最好的老鼠服務生為您效力，這是真的嗎？實在了不起。」吉爾斯的舌頭不斷伸進伸出。

這下子，換草莓的臉紅了。「是的，呃……老實說，我本來以為，**所有**最幹練的老鼠服務生都在替我工作，所以當我聽說莫娜的事蹟之後，才會那麼訝異。」

「嘖嘖，您可別多想。」吉爾斯呵護的拍拍莫娜的肩膀：「這位可是我們家的明星員工之一，我們不會讓您偷走她的。」

莫娜覺得臉頰又熱起來了，但她很高興吉爾斯幫她說出這番話，因為她並不想去任何地方！她愛樹旅館。

「噢，請放心，我當然沒有那樣的想法。」草莓說：「我只是想見見她，順便看看你們可愛的旅館。我剛好有幾天休假，一直想過來看看，但我並不喜歡到村子之外的地方旅遊，森林太可怕了！」

莫娜並不覺得森林有那麼可怕，尤其在明亮溫暖的夏日裡。畢竟，她是在蕨森林裡長大的。

草莓接著說：「居間客棧很希望能獲得《松果日報》的評論，我希望能從樹旅館得到一些啟發……」

吉爾斯眉頭一皺。

草莓很快又補上：「當然只是觀摩而已，或許莫娜能帶我四處參觀，如果賀伍德先生不介意的話？」

莫娜知道賀伍德先生很樂於幫助其他旅館，他最近才幫他的河狸朋友班哲明籌劃專供水生動物入住的河狸旅舍。

「我很樂意，只是……」莫娜才開口，吉爾斯就插話說：「只是今天是我們廚師的大婚之日。旅館的廚師嫁給一位以前的住客，這種情形實在太罕見了。但誰能阻擋真愛？這是我們辦過最盛大的一場婚禮，賀伍德先生正在花園裡忙著擺設，我也得走了，您也知道婚禮很忙的。莫娜能幫您登記入住。」說完，吉爾斯行個禮，然後匆匆過去阻止一隻年幼的豪豬，因為小豪豬拿到了訪客留言簿——而且還抓了一大把墨水筆。

「請往這邊走。」莫娜對草莓說：「我去拿您的鑰匙，然後我也得離開了，我得幫忙新娘著裝，有點緊急

狀況。」莫娜頓了一下：「是這樣的，有⋯⋯」

「**有火！**」不知從哪兒傳來的呼喊聲。

「**失火──啦！！！**」

蛋糕有難

「**失火了！！！**」呼聲再次響起。

在推來擠去的豪豬群中，莫娜認出大喊的是刺刺女士的叔叔，阿剛叔。他的鬃刺全豎起來了。

莫娜的毛也跟著豎起來。**失火？！**這正是賀伍德先生，也是每一個動物最害怕的事。

可是莫娜仔細一瞧阿剛叔，發現他渾身都是麵粉，而且還穿著刺刺女士的圍裙，莫娜知道森林並沒有起火。

「結婚蛋糕！」她失聲大喊。

莫娜立即衝到樓梯邊，在憂心忡忡的豪豬之間穿梭，她每往廚房走下一步，焦味就愈濃。阿剛叔連忙趕到她身後。

　　莫娜走進廚房，結果——**轟！**——迎面撲來一團煙。

　　煙從後方的烤爐飄出來，莫娜看出那裡有另一頭豪豬——是刺刺女士的鉤鉤阿姨，她頭上戴了一個隔熱手

套，一邊用另一隻手套搧走煙氣。她難道不知道隔熱手套不是帽子？而且也不是拿來搧煙的！火搧了只會燒得更旺。

莫娜隔著煙霧張望，尋找可以滅火的東西。廚房裡亂成一團，很難找得到任何東西。員工吃飯的大桌子上滿是橡樹子麵粉、蛋糕糊和手印；地上到處是湯匙和種子；果殼水槽裡堆滿了鍋子。莫娜終於看到一個裝滿髒水的盤子了，她趕忙拿起盤子跑到烤爐邊，把水往火焰上澆。

唰！

嗞！

噗！

空氣中彌漫起一團更大的煙霧。

莫娜屏氣，瞇起眼睛，大夥兒都消失不見了。

濃煙緩緩散去，看到火焰滅掉後，莫娜鬆了一大口氣。

「噢，太好了！」她說。

「噢，糟糕了！」鉤鉤阿姨尖聲叫著，聲音就跟她的名字鉤鉤一樣尖。

「可是你看！火滅了。」莫娜說：「沒事了。」

「事情可大條了！」鉤鉤阿姨尖叫得更大聲了。她指著烤架，就在煤炭上方，有個看起來像一大坨煤炭的東西，正是結婚蛋糕。

「可是……可是我讓我們免於……」莫娜結結巴巴的說。「廚房有可能會著火，蛋糕都快焦了。」

「蛋糕本來就**應該**烤焦。」鉤鉤阿姨說：「那是**焦燙蛋糕**！」

「你是指『**焦糖**』蛋糕吧？」莫娜問。她記得有一次刺刺女士烤了一個奇形怪狀，看起來有點像鳥巢的蛋糕。

「對了，是焦糖蛋糕。」鉤鉤阿姨說：「火是故意弄大的，阿剛叔叔太大驚小怪了，他不太欣賞我的廚藝。誰都不懂得欣賞！現在，蛋糕毀了！」鉤鉤阿姨頭上的尖刺，刺穿了隔熱手套。

「毀了？」有個聲音殺出來。刺蝟管家希金斯太太，也是最嚴厲的員工，大步走進廚房裡。「多虧了莫娜，你才沒有燒毀整座旅館。你到底在想什麼呢？現在是天乾物燥的季節，我們必須格外小心，不可以亂生火。」希金斯太太疊著手說。

「可是，我們得烤蛋糕。」鉤鉤阿姨說。

「烤蛋糕可以——但是不能燒蛋糕！」希金斯太太斥責道。

「燒的、烤的……為什麼大夥兒都那麼愛批評！」鉤鉤阿姨大聲說著，淚水奪眶而出。「我受夠了。」她掙扎著扯下被刺穿的隔熱手套，往桌上一扔，衝出廚房。阿剛叔叔無奈的緊跟在她後面。

「隨便你們。」希金斯太太在他們身後喊著，接著又加了一句：「我從來**沒見過**脾氣這麼差的豪豬。」

「可是……希金斯太太，蛋糕怎麼辦！由誰來烤？」莫娜說。

希金斯太太看起來有點擔心。「是啊，呃……」

「也許我可以幫忙。」有個聲音說。

門口站著一隻戴著大草帽的小老鼠——是草莓！她似乎猶豫著要不要進來。「我雖然在度假，但我想，不知道你們需不需要幫忙？在居間客棧裡，我總是關關難過、關關過。廚房的事我很拿手。」

「居間客棧？」希金斯太太說：「那是一間很棒的旅舍！可是您是客人，我們不可能讓……」接著，莫娜出乎意料的看到希金斯太太搖著頭，說：「太遲了，顧不得禮貌了，蛋糕應該在幾個小時前就做好的。您確定願意幫忙嗎？」

草莓點點頭。

莫娜微微笑。

「太好了！快請進來吧！莫娜，帶她在廚房四處看看。」希金斯太太指揮說。「婚禮呀，」她離開時嘆了口氣，「我很高興希金斯先生和我是私奔的，那真是**最明智**的決定。」

草莓摘下帽子，莫娜幫她找來一條圍裙，自己也穿

上一條，接著便一起開始工作。

　　雖然莫娜之前只在廚房幫忙過一次，做昆蟲的小點心，可是她非常擅長清掃以及備料。莫娜快速的來回，從儲藏室拿來橡樹子麵粉，到樓上拿鮮摘的莓果，還去蜂巢取蜜。蜂巢由羅碧隊長管理，羅碧喜歡別人喊她隊長，而不是女王。

　　草莓在這期間量好食材並負責攪拌。

　　等莫娜拿回所有材料後，便接著清掃。她倒拿著蒲公英當掃帚掃地，邊掃邊跟草莓說了一些樹旅館的事。不久，廚房又恢復刺刺女士喜歡的樣子了——乾淨、整齊，就連聞起來的味道也都對了。廚房裡飄著濃濃的堅果香與甜味，蛋糕擺在烤架上，草莓正仔細的盯著蛋糕。

　　「看起來很完美。」莫娜說。

　　「這是我最拿手的——濃莓果奶油蛋糕。」草莓說：「不過，我不常做。我們的食物是由大家去各樓層收集來的。」

「收集？」

「是啊，員工輪流到桌椅底下尋找並收集碎屑，然後由廚房裡的分揀員工，把碎屑分類處理，由廚師在碎屑上添配料──如肉桂和糖。不過，我比較喜歡正常的烘焙食物，我的手向來很巧。」

手很巧？莫娜聽過其他動物談到她媽媽，也是那麼說的，這句話讓她覺得莫名的興奮到發抖。

「廚房是我最喜歡的地方。」草莓接著說。

「我也是。」莫娜表示。她就是在這間廚房遇見提莉的，也是在這裡慶祝她第一次的神聖睡眠節晚宴。

「廚房裡好舒服，好安全，至少……」草莓意有所指的瞄著鈎鈎阿姨的蛋糕，「至少在居間客棧是這樣的。」

莫娜和草莓一起哈哈大笑。

草莓動了動她的鬍鬚：「啊，好啦，可以了。蛋糕烤好時，鬍鬚就會捲起來。」

她戴上沒有洞的隔熱手套，從烤架上捧起蛋糕。莫

娜迅速的拿走草莓放在桌上的帽子,騰出位置擺蛋糕。蛋糕看起來很漂亮,就像一輪小小的金色月亮。

蛋糕放置一會兒後,草莓小心翼翼的把蛋糕切成心形。她拾起切下的邊角,遞了一些給莫娜。

「現在是最棒的一刻了!吃吧,親愛的,吃一口看看。」

莫娜嘗了一口,草莓與蜂蜜在她舌尖融化了。好好吃呀!

「讓蛋糕快速冷卻一下,然後加點鮮奶油,蛋糕就完成了。」草莓說:「我們不能讓新娘子在大喜之日等太久。」

新娘子!

莫娜立即想起刺刺女士和她的衣服,她不敢相信自己竟然忘了!提莉不太善於解決問題,說不定她還在焦頭爛額的找替代品。那裡有許多豪豬,可是沒半個帶結婚禮服來。莫娜能有什麼妙招?她看了一眼手上的帽子,上面的大蝴蝶結輕盈的擺動著。

也許她們並不需要另一件禮服。

莫娜想到一個點子了！

代理廚師——草莓小姐

美容沙龍室現在都空下來了，只剩下一隻垂頭喪氣的豪豬和臉非常臭的提莉。「**你跑哪兒去了？**」莫娜一回來，提莉便大聲問。「我跟三位不同的訪客，借了三件不同的禮服，結果你看！」提莉說完，指著地上一堆破爛的布料。

「對不起。」莫娜說：「出了一點小問題，不過問題全都解決了。」

「沒有**全都**解決了！」她的朋友大聲說：「還有禮服的問題！」

「那個呀，」莫娜說，「我想我知道怎麼辦了。」

　　莫娜、提莉和刺刺女士來到院子時，音樂剛剛響起，黑草莓和覆盆子的藤蔓編成了心形藤架，一盆盆的薊花排列在長著青苔的走道上。

　　隨著音樂愈來愈響，莫娜和提莉加入其餘員工，坐上蘑菇椅。莫娜從來沒有看過所有員工都如此盛裝打扮。賀伍德先生戴了高頂禮帽，希金斯太太握著一條蕾

絲手帕，希金斯先生在他的刺上別了一朵盛開的花。

　　「哇！」刺刺女士從紅毯的另一端走來時，大夥兒驚呼出聲。她沒有穿婚紗，她根本沒穿禮服。她的尖刺上，掛著各種隨著步伐而上下擺動的美麗蝴蝶結。莫娜的手因為綁蝴蝶結，到現在還在痠呢。不過，一切都很值得。

　　刺刺女士看起來美極了──至少莫娜這麼認為。可是，奎爾森先生一看到刺刺女士便開始哭了。

「很好，」莫娜訝異的聽到提莉喃喃說，「新郎應該要哭的。」

婚禮真的是很奇怪！莫娜心想，**但也非常奇妙！**

大夥兒在小豪猪花童走過紅毯，而且沒有把掛在他尖刺上的結婚戒指弄掉時，發出歡呼。大家看到兩隻豪猪親吻時，再度歡聲雷動——只有亨利例外，他別開頭，一副很尷尬的樣子。可是等吃蛋糕時間一到，亨利便發出超大聲的歡呼，而且一定要搶到最前面的位置。

所有賓客和員工都好愛草莓做的濃莓果奶油蛋糕。事實上，刺刺女士在吃了一口之後，便大為讚嘆的說：「我去度蜜月時，應該由這位廚師來代替我的職位！」

莫娜非常贊同。

「各位若需要我……」草莓紅著臉說，「不過，我只能待幾個星期，只能在我度假的這段期間幫忙。」

「就這麼說定了。」賀伍德先生走向前，拿著盤子要了第二片蛋糕。「刺刺女士——不，刺刺夫人不在時，終於有廚師留守旅館了，我們真是太好運了！」

接著，還有更好運的事——開始下雨了！夏季的大雨猶如美妙的樂聲，在蕨森林裡嘩啦啦的下，大地煥然一新。

莫娜鑽到高高的傘蕈底下，看大家笑呵呵的匆忙找地方躲雨，新郎新娘、亨利和提莉，以及從小豪豬花童到曾祖父母——所有豪豬親戚，真是一個大家族啊！

莫娜笑咪咪的吃著蛋糕。就在她剛好吃完時，提莉鑽到傘蕈下了，但她不是來搶莫娜的蛋糕，而是跑來抱怨的。「亨利想在水窪裡玩，他最好別濺到任何動物——尤其是那隻新來的漂亮小老鼠！」

提莉瞄著草莓，草莓躲在涼亭下，夾在兩隻豪豬之間。「她為什麼想在這裡工作，當廚師？她不是應該在度假嗎？有誰會想在度假時工作？！」

「草莓就會。」莫娜回答說：「她來樹旅館見習，

以提升她自己的旅館——居間客棧。」

「居間客棧？」提莉說：「所有最幹練的老鼠服務生都在那裡工作，只有你例外。」提莉揚起眉毛：「你想，她是不是來這裡挖角的？」

莫娜的鬍鬚一抽：「吉爾斯就是那麼說的，但我不覺得是。」草莓似乎不是那種會去搶同業員工的老鼠。

提莉點點頭，再次瞄了草莓一眼。「你知道嗎？她看起來跟你有點像。莫娜，你想，她有沒有可能是……」

「親戚嗎？」莫娜低聲說。這個想法比任何蛋糕都甜，她什麼都有了：有一個美好的家，充足的食物和一位最要好的朋友——雖然她的脾氣不太好。但是，莫娜無親無故。

她想起草莓提及那些問題，以及她的手有多麼靈巧，但莫娜還是搖搖頭。「不會吧……是的話，她應該會告訴我。」

提莉還來不及回答，一道閃光從天空落下，照亮了遠方的樹林，就像成千隻螢火蟲的閃光一樣。莫娜倒抽

一口氣，那似乎是一種預示。

預示什麼？天空才不會告訴你。

回到屋內後，樂團開始演奏了，莫娜很快把預示的念頭拋開了。

把你尖尖的爪子放到我的爪子中，
你是我傻呼呼、慢吞吞的豪豬。

莫娜很晚才睡，她跟提莉跳舞跳到腳痛。她不斷偷偷瞄著草莓，努力想看看她們有沒有相似的地方。比方說，她們的鼻子都特別尖……

唯一沒有跳舞的是賀伍德先生，他坐在樹根上啜飲涼蜜。「像我這種上了年紀的老獾，有一棵自己的樹就心滿意足了。」他說。不過最後，他還是跟著大夥兒畫了一張肖像。事實上，那是他的點子。「掛一張全體員工的畫像到牆上吧！」他說。根本不需要安排大夥兒該

怎麼站，員工全都自動圍繞在賀伍德先生身邊。

「太好了，太好了。肖像一會兒就好了。」畫像師千足蟲說。他已經七手八腳的開始忙著畫畫了。

「別亂動，亨利！」提莉說。

「我沒有亂動！我只是想告訴你，法蘭西斯到了！」

法蘭西斯果然來了！肖像畫好後，豪豬夫婦就要坐著小鹿法蘭西斯拉的車子，出發去度蜜月。

莫娜一直目送車子後的彩帶，直到遠處的彩帶變得跟鬍鬚一樣細。她會很想念刺刺夫人的。

賀伍德先生八成看透了她的心思，因為他將厚厚的手掌，搭在莫娜的肩上。「好了，好了，莫娜小姐，刺刺夫人很快就會回來了。」他說：「奎爾森先生一定可以融入樹旅館的。再說，他是醫生，我們這裡絕對需要醫師駐守……」他開玩笑的看著莫娜。過去幾季以來，莫娜沒少磕磕碰碰過。「婚禮能壯大家族，但會透過哪種方式，誰都無法想像。」賀伍德先生又說。

莫娜很確定，賀伍德先生指的是奎爾森先生的家族。可是⋯⋯莫娜望向正在收拾的草莓，感覺希望就像一條鮮豔的小彩帶般，在她心中揮動。

蜂鳥樂樂

莫娜一直熬到太陽快要升起時，才上床睡覺，而且她不是唯一的一個。當她早上睡眼惺忪的來到廚房時，發現大部分員工都還醉眼迷濛，有的甚至還穿著睡衣，只有草莓一派輕鬆的四處忙碌，幫大夥兒準備可口的早餐——做成小花和星形的越橘小鬆餅。草莓把一份特意做成心形的鬆餅，放到莫娜前面。

「這是給你的，小甜心。」

「瞧，」提莉悄聲說，一邊用手肘頂她，「我跟你說了吧。」

　　莫娜有些懷疑，但那只是一份鬆餅而已，不能證明什麼。

　　接下來幾天，大夥兒忙著婚禮後的清理，以及幫大群的豪豬退房。

　　等事情終於都忙完後，莫娜想找時間與草莓獨處，進一步了解她，可是廚房裡老是有別的員工在：亨利想再吃點草莓的濃莓果奶油蛋糕；吉爾斯驚訝的宣布說，著名歌劇明星哈瓦帝·帕維隆納住在居間客棧；希金斯太太跑來跟她討論每日固定作息的優點。

草莓總是想辦法騰出時間，在廚房中添加一些自己的巧思——她並沒有改造廚房，只是在一些小地方注入巧思，例如每天早上在桌上擺放鮮花，在餐墊四周添加蜘蛛網蕾絲。莫娜知道刺刺夫人一定會非常喜歡。

是的，大家都喜歡草莓，這是一件好事。莫娜心想，尤其如果她們是親戚的話。

莫娜忍不住想找更多的跡象。她花了一整個春季，努力尋找訪客留言簿上的留言，哪怕只有一則是她父母留下的也好。她雖然什麼都沒找到，卻發現了一條線索：她有一些親戚。草莓不可能是她表姊，因為她年紀太大了，但她有可能是姑姑或阿姨……

每天吃早餐時，莫娜都注意到草莓會用一根鬍鬚，測試她的熱蜂蜜會不會太燙，就跟自己一樣。不過也許在某些事情上，所有老鼠都用同一種方法吧？莫娜並不清楚。她從來不曾跟其他的老鼠一起生活。

有一天早晨，莫娜終於逮到時機，廚房裡只有草莓。草莓正忙著寫信，莫娜猶豫著該不該打擾她。這

時，草莓喃喃的念出了莫娜的名字。

「莫娜……」

「什麼事？」莫娜問。

草莓抬起頭來：「噢，小甜心，我不知道你在這裡。」

莫娜很困惑，草莓剛剛不是叫她的名字嗎？

草莓沒多做解釋，只是很快的把信捲起來，那是一小片樹皮，然後在上面綁了條線繩。「我得寄一封信到居間客棧。你知道去哪裡寄信嗎？」

「松鴉信差會在早餐後，收走信箱裡的郵件。」莫娜表示。

「太好了！」草莓說：「我剛好趕得上。不過，我還沒開始加熱蜂蜜呢。你也知道，賀伍德先生早上一定得喝杯熱蜂蜜吧。你能幫我寄信嗎？」

「當然啦，」莫娜說，「也許之後我們可以……」

「一起多聊一會兒。」草莓溫柔的笑說。

莫娜拿起信，匆匆走出廚房。她一邊跑上樓，一邊

想著信裡會是什麼內容。她好想偷看，卻又知道那樣不對。你不該去讀別人的信，永遠不行。不過，她握著的樹皮像是會燙手一樣，莫娜不斷的低頭偷瞄，就這樣一路越過大廳，走出門外，直到——**碰！**

她一頭撞上了賀伍德先生。信從莫娜手中飛出去，線繩鬆脫了，樹皮攤落在青苔地上。莫娜連忙把信撿起來，可是她還是瞥到幾個用莓汁寫下的字：

我肯定她就是那個莫娜。

莫娜的心都跳到喉頭了。她就是「那個」莫娜？那是什麼意思？

「莫娜小姐，你沒事吧？」賀伍德先生問。

莫娜連忙撿起草莓的信，然後抬頭看著威嚴的大貛。賀伍德先生穿著睡袍，但領結已經繫好了，他手裡也拿了一封信。

「我沒事……我要幫草莓拿封信給松鴉。」莫娜把線繩重新綁回信上，她的心怦怦的跳。

賀伍德先生皺著眉頭說：「我也有信要寄給我的朋友班哲明，可是現在有個小問題。」

「什麼問題？」莫娜問。

賀伍德先生指著比他的頭高出一點的信箱，陽光已經開始從樹頂的綠葉縫隙間灑下來，照亮信箱了。信箱是用一個挖空的樹瘤做成的，上邊有一道可以把信放進去的小溝，還有一扇小門，只有松鴉信差能夠打開，把信取出來。但現在，「信箱」似乎在抖動。

「信差就在信箱裡，我不知道發生什麼事了。」賀伍德先生說：「我只是問她有沒有好消息要分享，結果她就躲進那裡面了！」

「躲在**信箱裡**嗎？」她知道大部分松鴉的個頭大小。「她是怎麼把自己塞進去的？」

「那不是一隻松鴉，而是隻蜂鳥，」賀伍德先生說著，掏出手帕擦著額頭，「很小一隻——比你的個子還

小。我不確定該怎麼辦，我想她可能在哭。」

哭？

「你覺得她是被什麼嚇著的？」賀伍德先生接著問。

「不知道。」莫娜答道。「但我可以去弄明白。」

畢竟她幾乎跟蜂鳥一樣小，也能爬進信箱裡。

「謝謝你，莫娜小姐。」賀伍德先生說。

莫娜把草莓的信塞入圍裙口袋裡，然後在賀伍德先生的協助下，七手八腳的爬到信箱下面突出來的棲枝上。棲枝很寬，但也很滑，因為多年來被許多站在上頭的爪子給磨平了。莫娜小心翼翼、慢慢的爬往信箱口，然後往裡面鑽。

過了一會兒，莫娜的眼睛才適應信箱裡的漆黑。等到適應後，她看到

一捆郵件旁邊，躲了一隻小小的鳥，小鳥害怕到連尖長的嘴都在發抖。小鳥看到莫娜時，睜大烏亮的黑眼。

「你還好吧？」莫娜柔聲問。

蜂鳥沒有回答。

「我叫莫娜，是樹旅館的服務生，」莫娜接著說，「賀伍德先生派我上來這裡看看你。我以前沒見過蜂鳥信差，你一定非常特別。」

蜂鳥還是沒有答腔。

「你難道不想分享一些消息嗎？」

蜂鳥終於開口了，她連珠砲似的說了一串話：「**不我不想問題就出在那裡。**」她的口氣聞起來甜甜的，很像花蜜。

「能麻煩你能再說一遍嗎？」莫娜盡可能客氣的問。

「不行，我不要。」蜂鳥又說了一遍，這回稍稍慢一些，但語速依然很快，莫娜得很仔細聽，才能聽得懂。莫娜還來不及問為什麼不能時，蜂鳥就又接著往下

說，這次速度又快起來了，像是一長串嗡嗡嗡的聲音。

「我一直想當信差蜂鳥通常太小沒辦法載那麼多信但我很努力訓練增強自己翅膀的力量個子小並不表示你就辦不到。」

莫娜點點頭，這點她很能理解，即使對方的語速快得跟閃電一樣。

「我喜歡讓別的動物快樂所以我爸爸媽媽才為我取名叫樂樂我想當信差帶給所有動物好消息婚禮邀請函生日尋獲失聯的家人⋯⋯」

尋獲失聯的家人。莫娜正希望草莓的信上寫的就是這件事。「我有好消息能讓你帶走，」莫娜說，「至少我認為是⋯⋯」

「你有嗎？」一臉驚喜的樂樂，終於放慢了速度。

莫娜從圍裙口袋拿出草莓的信，綁在信上的漂亮蝴蝶結，似乎證實了這點。樂樂小心翼翼的接過信。

「可是我沒有好消息做為回報。」樂樂說。

「沒關係，」莫娜表示，「總是會有一些好消息和一些壞消息，所以才會讓好消息變成好事。」她又說。

「真的嗎？」

莫娜點點頭。

她以前從來沒有這樣想過，但確實是真的。樹旅館曾經有過很多次驚險的時刻，但也有最美妙的時光。

「沒有壞的，你怎麼會知道，**什麼**是好的？」

「好⋯⋯好像也對哦。」樂樂說。她的心情看起來好了一點，但也只維持了一會兒。她顫著聲音接著說：「我的壞消息**真的**很不好。」她嚥了口口水。

莫娜也跟著吞了口口水。真的很不好的消息？她的心開始亂跳，快得跟樂樂的語速一樣。「是什麼不好的消息？」莫娜問。「賀伍德先生必須知道！相信我，樂樂，就算因此害他不高興，他也不會生你的氣。」

「是火──」樂樂悄聲說。她吸了一口氣，然後慢慢說道：「蕨森林起火了。」

意外發現的項鍊

「起火？怎麼開始的？什麼時候的事？在哪裡？」賀伍德先生問。

現在，陽光耀眼，並且穿過樹葉，在森林的地面上打出一條條黃色的光紋，就像火焰一樣。樂樂這會兒已經離開信箱，在賀伍德先生面前飛來飛去，莫娜則站在一旁。

樂樂緊張的看著莫娜，這個消息比莫娜想像的還要

糟糕。不過……莫娜盡量鼓勵著樂樂：「你繼續說。」

「是暴風雨帶來的閃電造成的。」樂樂連忙表示。

閃電，是婚禮上的那道閃電！莫娜記得那道閃電看起來很美──美麗但可怕！閃電一定是擊中一棵樹，樹就著火了。莫娜的毛都豎直了，就像她自己被雷打到一樣。

「可是在哪裡？地點呢？」賀伍德先生說。

「在蕨森林遠處的麓丘。」樂樂說。

賀伍德先生呼吸終於稍微順暢了一點，莫娜也覺得好過一點。「從那邊到樹旅館，還隔著一大片森林，變天之後就會下雨了。不過為了安全起見，我們必須警告大家。」

莫娜萬萬沒想到，賀伍德先生還沒來得及開口，蜂鳥便自己說了：「我去警告大家，我是信差。」

「不，不用，」賀伍德先生斷然表示，「這件事交給我來。你去做你該做的事情吧，不管是遠是近，去警告大夥兒，危險逼近，**情況嚴重**。謝謝你，蜂鳥小姐。」

樂樂的黑眼睛閃著堅定的光芒，她把一捆郵件塞到斜揹在胸口的袋子裡，然後飛入晨光之中。

　　「起火？」

　　「起火！」

　　「*起火！*」

　　消息傳遍了宴會廳，賀伍德先生和莫娜把住客及員工集合到宴會廳裡，跟大夥兒宣布這項消息。早餐的雛菊葉甜甜圈，被大夥兒擱置在餐廳。

　　「在麓丘嗎？我有個哥哥在那兒！」一隻兔子緊張的說。

　　「你知道火勢蔓延得多快嗎？」一隻蝴蝶問。

會議結束前，櫃檯前面已經排著一列等著要退房的住客，其中一位住客是一隻年老的雉雞，說他之前在觀星陽臺上有看到煙。「我這麼多年都沒被獵殺，可不想最後是被烤熟的。」他說。其實只有一縷輕煙而已，但已經足夠引發更多的恐慌，隊伍排得甚至比之前更長了。

　　莫娜、提莉和亨利為住客送上清涼的飲料，希金斯太太則幫忙吉爾斯辦理退房。

　　「家庭住客優先。」一家五口的田鼠試圖插隊說。

　　「家庭是很重要，」在他們前面的豪豬說了，「所以**我**必須優先退房，我得立刻趕回我的家人身邊。」

　　「拜託各位！」莫娜說：「我們堅持『保護與尊重絕不──」

其中一隻田鼠打斷她說：「現在旅館又不能替我們防火，對吧？**你的**家人呢？他們安全嗎？」

他的語氣很不客氣，但莫娜知道他只是因為害怕罷了。如果有家人，她也會想跟他們在一起。是不是因為這樣，在所有其他住客離開時，草莓才不肯走？

「大火還離得很遠，先生。」提莉說。

田鼠不屑的哼了哼，然後擠回豪豬後邊。莫娜感激的看了提莉一眼。

可是她發現，亨利看起來還是很害怕。「真的嗎，提莉？你確定嗎？」他悄聲問，手抖得好厲害，草莓冰茶被他灑得滿地都是。

不過，提莉並沒有生氣。「我非常確定。」她說：「大家只是反應過度罷了，沒事的。」

在面對災難時，莫娜從來沒有看過她的朋友，展現出這麼正面的態度。

等亨利離開去拿清潔布時，莫娜問：「你**真的**認為我們在這裡安全嗎？」她覺得自己的問題有點像亨利會

提的。

「我不知道。」提莉說：「可是，擔心又無法把火撲滅，餓著肚子也辦不到。我真不敢相信，我們竟然沒有吃早餐！」

她把手伸到圍裙口袋裡，拿出一片種子蛋糕，塞給莫娜。種子蛋糕是提莉的萬靈丹，有時候還挺管用的。

對提莉來說，要保持如此正面的態度，一定很勉強，因為第二天，她變得比往常更暴躁了。

吃早餐前，希金斯太太把打掃的時間表給她和莫娜，她們應該立即展開工作。

「是誰在吃早餐前就退房？」提莉哀號說。看到名單後，她又呻吟一遍：「是凱維爾一家，」她翻著白眼，「他們的房間一定很亂！一定得仔細清掃不可。那些蝙蝠從秋季以來，就一直住在這裡了。」

「蝙蝠？」莫娜訝異的說：「我不記得有幫任何蝙蝠入住登記，我甚至不記得有看到**任何**蝙蝠。」

「你不記得，是吧？」提莉說：「他們可是蝙蝠呢！他們醒的時候，我們正在睡覺，他們本來會錯過昨天的會議，因為所有的重要會議他們都會缺席。他們一定是昨晚深夜知道了森林起火的事。」

　　「可是……」莫娜不敢相信！她以為自己知道所有旅館的住客！

　　「走吧。」提莉下指令說：「你最好去拿水桶和多拿幾把刷子，我去拿梯子。」

　　「梯子？」

　　等她們來到房間，莫娜才明白原因。樹旅館其中一根樹枝樓層的套房，光線昏暗不說，而且所有一切都是——倒過來的！

　　大部分樹枝套房的牆上都有掛鉤，地板上有鳥巢，可是這個房間的掛鉤卻從天花板上垂下來。而且，不僅是掛鉤如此，還有一排排放滿書的書架，也固定在天花板上。莫娜歪著頭，還是看不清楚完整的書名，只看到「**水果**」與「**飛行**」幾個字。牆上有很多圖片，但也都

是倒掛著供蝙蝠欣賞。莫娜即使歪著頭看，也沒看出什

麼名堂。

提莉大步走到窗邊，打開百葉窗。

等清晨的光線灑入房中，莫娜才看清，這個房間

確實得澈底的清潔一番。天花板上到處是磨損的痕跡，

地板上都是水果的污漬。其實仔細想想，情況並不算太

壞——可惜提莉似乎不這麼認為。

「長住型的住客，應該要自己承擔一些保養的工作。」她憤憤的說。

她架好梯子，莫娜則開始洗刷地板。刷洗的感覺真好，非常療癒。

就在莫娜快刷完時，她在一本掉下來的書後面，發現了某個東西。

「這是什麼？」她大聲問。那是一條用編織過的蜘蛛網做成的小毯子。莫娜撿起毯子，毯子的觸感好輕柔，就像雲朵一樣。她可以看到蜘蛛網上面甚至織進了小小的綠苔星星。雖然毯子好像有點破舊了，還是好美啊！

「很好，」提莉抱怨著爬下梯子，「一條蝙蝠毯子——說不定是給他們的寶寶用的。他們一定是忘記帶走了，我們得送去『失物招領處』。」

「我們有『失物招領處』嗎？」

「當然有啊。你不知道嗎？」提莉說：「住客會留

下各種東西，你都沒注意到嗎？他們好像把這裡當成他們的私人垃圾桶了！」

「可是……我們不是應該盡量歸還失物嗎？」

「我們只歸還貴重物品，」提莉答說，「寶寶的毯子不算。」

「但是……」莫娜再次開口，毯子雖然不貴，但看起來真的很寶貝，難道那樣不算貴重嗎？

莫娜把她爸爸、媽媽的行李箱弄丟時，心裡超難過的，提箱上刻了一顆心，就像樹旅館門上的那顆一樣。賀伍德先生送了她一個替代的行李箱，但終究還是不一樣。

「走吧，我帶你去看在哪裡，反正我需要休息一下，先別清天花板了。」提莉說。

提莉率先走出房間，往失物招領處走，地點就在樓上儲藏間旁邊的櫃子裡。

「通常我們只需要一個箱子就夠了，」提莉說，「可是因為森林起火的關係，大夥兒都走得那麼匆忙……

總之，待會兒你就會懂我在說什麼。」她打開櫃子的門，一把蘆葦傘掉在她身上，「唰」的一下打開了！

「媽呀！」提莉大叫一聲。

提莉掙扎著想把難搞的傘收攏時，莫娜則望向塞滿東西的櫃子裡，放著層層疊疊的箱子，裡面裝的物品都滿出來了。看來，住客遺留下不少的東西，尤其是有小孩的家庭，有一隻少了一邊耳朵的玩具小兔子，單隻百足蟲的小鞋，一個用青苔做成的蝴蝶結髮帶，還有一本書名叫《如何長大變成蝴蝶》的書。

提莉試圖把雨傘塞回去，她想把傘放穩在箱子上，結果箱子卻掉下來，裡面的東西撒得整個走廊都是。

「媽呀！」她叫得更大聲了。

提莉把東西擺回箱子裡，莫娜則打算找個地方放好毯子。如果蝙蝠真的又回來找毯子，結果在亂七八糟的儲藏間卻找不到，那可怎麼辦？她希望毯子能放在容易看得見的地方。不知道可憐的蝙蝠寶寶，現在是不是很想念他的毯子？

她正想在架子上清出一塊空間放毯子時，提莉說：「你看！」

　　莫娜轉過身，看到她舉著一個小小的東西。「一定是從那個箱子裡掉出來的。」提莉小聲說，語氣中的不耐煩完全消失了。

　　莫娜走近仔細一看。

　　在提莉手裡，有一條小小的項鍊，上面有個用種子做成的心形墜子，跟草莓身上戴的一模一樣。

　　「上面刻了一個名字，」提莉說，「瑪德琳。」

　　「是我媽媽。」莫娜倒抽一口氣說。「她一定是離開旅館時，把鍊子忘在這裡了。如果我媽媽有條跟草莓完全一樣的項鍊……」

　　「那麼她們**一定**有親戚關係！」提莉的尾巴整個蓬得好大。「我以前從來沒看過種子項鍊！而且還有**兩條**？我敢打賭，她們一定是一起做的，或者是去旅行時一塊兒買的。」提莉一激動，尾巴變得愈蓬鬆，結果弄翻了另一個箱子，但她似乎不在意。「莫娜，草莓就是

你的阿姨。她一定是，我肯定她就是⋯⋯」

　　提莉的話讓莫娜想到草莓的信。「她在信裡正是那麼寫的⋯⋯她提到我⋯⋯我想⋯⋯」

　　「你想？根本不用想了，你應該立刻告訴我才對！莫娜，那就是**證據**啊！」

　　「可是，她為什麼都不說？」

　　提莉翻著白眼。「難道你**還不懂**什麼叫祕密嗎？」

　　莫娜以為自己懂，但也許她其實不懂，不過她倒是很確定一件事。「提莉，沒有這個的話，我們永遠不會找到這條項鍊。」她舉起那條寶寶毯子說。「拜託了，難道我們不能把它寄回去給蝙蝠家族嗎？」

　　「唉唷，莫娜！都這種時候了，只有**你**還會想到蝙蝠家族。」但提莉說這話時咧著嘴笑，意思是「好吧」！

在大廳野餐

「**我**有家人了。」一整天，莫娜不斷對自己輕聲說，並伸進圍裙口袋裡摸項鍊。一直以來，她最想要的就是能有個親戚。

現在，她最想要的還有就是——提莉可以別再煩她了。「草莓說什麼了嗎？」提莉問。感覺上，她已經問過幾百萬遍了。

「沒有，」莫娜答說，「但她會說的。難道你還不懂什麼叫祕密嗎？」她逗提莉說。

提莉嘆著氣說：「說真的，如果大夥兒一知道

什麼，就能坦白的說出來，一切事情就會變得容易多了！」

也許吧！莫娜心想。但可能性實在不大。她一直在思索，為什麼草莓還不告訴她？也許草莓在等待一個好時機，再與她分享祕密。快樂的祕密要選在最開心的時候說出來。莫娜心裡是這麼想的。

現在絕對不是適合的時機，大夥兒對起火的消息都很憂心，這是理所當然的。雖然大火還離得很遠，尚未超出麓丘的範圍，但你根本無法預料會發生什麼。一場大雨可能就將火撲滅了，但一陣大風，也可能讓火勢蔓延。

「起火地點和這邊隔著卵石區，」賀伍德先生一再向大夥兒保證，「岩石會阻隔火勢，不讓它靠近這裡。」

等聽提莉解釋說，卵石區範圍其實相當大，而且大火無法在岩石上燃燒之後，莫娜覺得安心多了。

可是賀伍德先生的話，並無法安撫住客。第二天，

希金斯太太根本不用貼出退房時間表，因為所有的住客都離開了，也不需要入住登記，因為所有住客都取消了訂房。希金斯太太給了莫娜和提莉一份工作清單，一些通常誰都不會有空去做的事：

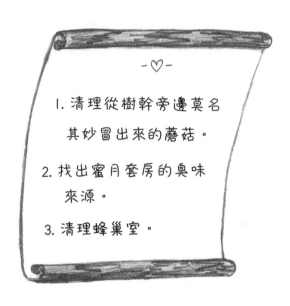

- ♡ -

1. 清理從樹幹旁邊莫名
   其妙冒出來的蘑菇。
2. 找出蜜月套房的臭味
   來源。
3. 清理蜂巢室。

「準備弄得全身黏答答的吧。」提莉煩躁的說。

「羅碧隊長和她的團隊匆匆離開了，我猜蜜蜂和煙霧犯沖。這個夏天怎麼那麼多事！你運氣好，幸好我們及早把那條毯子寄出去了。這會兒郵寄服務暫停了，半數員

工都回家了！我們工作更多了……甚至連夏季野餐也要泡湯了。」

夏季野餐？莫娜並不知道旅館打算辦野餐。

「夏季野餐是什麼？」莫娜問。

「是希金斯太太籌辦的，一場新的夏季盛宴，主要就是大吃大喝。野餐就是這樣，吃吃喝喝跟講故事。」

聽起來是很愉快的事，正是莫娜期待的那種。

「為什麼我們不能野餐？」她建議說：「為員工辦場小型的野餐，我們有很多食物，不是嗎？而且又沒有住客。」

提莉雙眼一亮。「你說得沒錯。莫娜，這個主意太讚了！」

賀伍德先生也這麼認為。「找點樂趣，對大夥兒都有好處。」於是，莫娜和提莉迅速的把工作打理完畢。提莉似乎特別堅定，應該是為了吃吧。莫娜不認為蜂窩可以用尾巴刷洗，但提莉證實了她是錯的。順便一提，

提莉在刷完蜂窩後，洗了兩次才把自己弄乾淨，但她半句抱怨都沒有。

等她們梳洗乾淨之後，莫娜幫忙草莓準備野餐籃，裡面裝了蒲公英冰糕和冰蕁麻茶，以及用橡實麵包做的三明治。莫娜跟草莓在廚房裡獨處時，莫娜好想問她關於項鍊的事，可是草莓的注意力全放在食物——以及火上。

「我知道卵石區，」她挖起冰糕說，「很久以前，我曾經在那邊野餐過一次，那地方很大，可是……」她頓了一下，「你以為大自然會這樣那樣……可是大自然跟廚房不一樣，根本沒有辦法預料。」

莫娜看到草莓的手在發抖，安慰她說：「別擔心，我相信賀伍德先生會保護我們安全。」

草莓顫顫的笑了笑，說：「當然……當然了，小甜心，一切都會沒事的。」

或者……其實不會沒事。

等大夥兒在外面集合完畢，準備出發時，亨利開始

抱怨了。

「這裡的氣味難聞死了，」他說，「你們也知道我的鼻子有多敏感。」他用尾巴遮住臉。

亨利說得對，外頭的空氣開始飄出煙味了。雖然現在才剛入夜，天色卻已經很昏暗，煙霧像百葉窗似的遮蔽了天空。火勢是不是蔓延開了？

莫娜還來不及問賀伍德先生，亨利就接著說話了，聲音被他的尾巴遮得悶悶的：「嗚哼**洋蔥**嗯哼。」

「你剛才是說『洋蔥』嗎？」莫娜問。

亨利點點頭，然後移開尾巴，皺起鼻子。「是啊，那個洋蔥**太多**的夜晚，」他答說，「這讓我想到那次的情形。」亨利揉著鼻子。

「若真的是洋蔥造成的倒也還好。」賀伍德先生皺著臉，看著煙霧飄散的天空。「我們該出發了。」

這樣怎麼去野餐啊？

莫娜失望的跟著帶頭的賀伍德先生走到大廳，賀伍德先生把野餐籃重重的放到地毯上，然後出其不意的宣

布說：「既然旅館裡沒有住客，我們也不怕得罪他們了⋯⋯我們想在哪裡野餐，就在哪裡野餐。」

在大廳裡野餐！

大家推開所有的家具，莫娜和提莉把毯子舖到地毯上，希金斯太太將平時留給住客用的特軟枕頭拿過來給大家坐。「別把東西滴到上面。」她看著亨利說。

亨利似乎沒把話聽進去。

「這些枕頭是最棒的——而且超彈的。」他邊說著，然後自顧自的從野餐籃裡拿出一份三明治。他疑心的望著橡實麵包的夾層：「裡面沒有……」

　　莫娜搖頭表示沒有。

　　「很好。」亨利說完就咬了一大口，然後滿口食物的說：「在呼阿知……」

　　「吞下去再說話。」提莉提醒他。

　　亨利大口吞下食物，接著說：「在孤兒之家時，小帽有次以為偷到一袋馬鈴薯，結果偷到的是洋蔥。我們只好吃洋蔥湯、燉洋蔥和洋蔥三明治。我們雖然把臉遮住了，可是不久大夥兒全都哭了。小帽說：『你們沒那麼討厭洋蔥吧！』其實我們只是被洋蔥嗆哭了。其實洋蔥滿好吃的，但我吃到怕了。」

　　「我永遠不會吃膩任何東西。」提莉說著就往野餐籃裡伸手。莫娜咯咯的笑。

　　大夥兒安靜的自行取用食物，莫娜嚼著草莓特地為她做的起司三明治。坐在地板上感覺好奇怪，但也非常

有趣，她終於有機會放鬆了。

呼……

看來有些員工比其他同事更放鬆。

「噢，亨利。」提莉試圖叫醒亨利，卻怎麼也叫不醒。

「至少他**還**睡得著。」希金斯太太說。

「噓！」希金斯先生說：「別說**那個**故事。」他憂心的看了希金斯太太一眼。

「啊，雙心地道嗎？」吉爾斯不理會希金斯先生，自顧自的坐回他的枕頭上，把手歇在肚皮上。「挖地道，拯救了一場婚姻。」

「怎麼說？」莫娜問。

「希金斯先生和希金斯太太剛結婚時，」吉爾斯說，「希金斯先生有失眠症，沒辦法睡覺，所以希金斯太太也跟著無法入眠。你知道**她**必須多早起床，所以希金斯太太便發揮自己最擅長的本領——她幫希金斯先生安排工作，不是打掃，也不是煮飯或整理，而是挖洞，

到外面不會打擾到任何住客的地方去挖。」

「我以為，他會挖一個大到可以當成備用地窖的洞。」希金斯太太說。「不過，那條地道能從花園一直通到溪邊，對不對，親愛的？」

希金斯先生聳聳肩。

「一條祕密通道嗎？」莫娜說著，差點兒被最後一口三明治嗆著。

「我們就繼續保守這個祕密吧，」提莉說，一邊看著睡著的弟弟，「否則我們再也看不到亨利了。」

「別擔心，現在通道都用板子蓋起來了。」希金斯先生嘆口氣說：「早知道我就喝助眠的洋甘菊茶了，對吧，賀伍德先生？」

賀伍德先生點點頭，但他並沒有看著希金斯先生，他正盯著掛在火爐上方，「保護與尊重」的牌子看。「我跟大家說過旅館招牌的故事嗎？」

大夥兒搖著頭。

「我一直以為是因為……」莫娜說，「因為……」

她沒辦法說出口。

「因為有住客想吃掉另一位住客。」提莉幫她把話說完。

賀伍德先生笑了笑，說：「不是的，根本不是那麼一回事。不過的確跟吃有關係，還有順便一提，跟睡覺也有關係。不過，跟打呼或者挖地洞無關。」

是另一個故事嗎？莫娜豎起耳朵，她愈來愈喜歡野餐了。

提莉遞給她一杯蒲公英冰糕，賀伍德先生則靠回他的樹枝椅上，椅子被他的重量壓得咿咿呀呀的響。「那是很久以前的事，當時樹旅館剛開張，我們才剛迎來幾位住客。」他繼續說：「有一天早晨，我醒來後，發現樹心有幾片木材不見了。我心想，應該不可能吧，誰會吃我們的樹？」他頓了一下，然後繼續說：「第二天早上，又是同樣的狀況，有些住客甚至以為樹旅館裡鬧鬼。」

「鬧鬼！」莫娜和提莉大喊，瞪大眼睛互看一眼。

賀伍德先生咯咯笑的接著說：「後來有天早上，我起得比平時早，結果發現有隻河狸在啃火爐架。」

「不會吧！」吉爾斯吃驚的大聲說。

「是真的！」賀伍德先生說：「我氣壞了，他竟然吃我的旅館！我要求他離開，當時我並不知道……」

「不知道什麼？」莫娜大聲問。

「不知道那隻河狸會夢遊，而且夢遊時還會吃東西。那個可憐的傢伙根本不知道自己在做什麼，他對造成的破壞感到很驚慌。他送了我一份禮物，就是你們看到的那個牌子，表示他真的很在乎。他的名字叫班哲明。」

「你的朋友班哲明嗎？」莫娜問。

「正是。」賀伍德先生點點頭，說：「那就是我們倆友誼的開始，一直持續到今天。」

故事也持續往下說。樹旅館有好多故事，有的莫娜已經知道，但是大部分她都沒聽過。所有那些在樹旅館裡發生的美妙事物，令她覺得好驕傲。

裝冰糕的杯子很快就被大夥兒舔得乾乾淨淨了，於是草莓又拿來更多點心和冰茶。莫娜陷在她的枕頭裡，故事像風中的玫瑰花瓣，在她周圍旋繞。

　　但唯一少掉的故事，正是莫娜最想聽的那個。她知道自己一直等待的快樂時刻就要到來，於是在故事停頓下來時，莫娜大聲問：「你呢，草莓？你有故事嗎？」

　　「對啊！有嗎？」提莉立即搭腔說。

　　草莓深深吸一口氣才說：「有的。」

　　「是跟你的旅館——居間客棧有關的嗎？」吉爾斯興致勃勃的問。

　　「有一點關係，」草莓說，「但其實是關於……」她看著莫娜。

　　莫娜覺得「快樂」在她的尾巴竄上竄下。時候到了，草莓終於要分享她的祕密了！大家都知道，她就是莫娜的阿姨。

　　草莓還沒開始說話，卻傳來刮門的聲音，接著是很大的呦呦叫聲。

草莓嚇得跳了起來，大夥兒也全跳了起來。

「是狼！」希金斯太太緊抓著希金斯先生的手。

「他們終於找到我們了！」

受傷的訪客

草莓說故事的好時機錯過了——至少目前是如此。

「快！」賀伍德先生說完便帶頭往樓下走。提莉和亨利跑在他後方，後面跟著希金斯夫婦、吉爾斯和草莓。「萬一野狼找到門上的暗鎖，就會跑進來。我們得躲起來！」

賀伍德先生說得對，莫娜想起大熊昏昏差點打開旅館的門，那時大家也都非常害怕。

可是……莫娜頓了一下，昏昏跑來，是因為他誤以

為樹旅館是他冬眠的窩，他只是需要幫忙指路而已。

莫娜再次聆聽，這回更仔細的聽。

咿呦，咿呦。

聽起來不像是狼，莫娜知道野狼的聲音聽起來如何。秋天時，狼群討論怎麼攻擊樹旅館那次，她就在旁邊。而這隻動物的聲音，聽起來並不像很饑餓或多凶猛，反倒像是很害怕。

我可以去查看究竟怎麼一回事！莫娜心想。**我可以從後門繞到大樹後，我的個子小，不管對方是誰，一定看不見我。**

於是，莫娜沒有追上大家，反而走了幾步，繞過樓梯。

「你在做什麼，小甜心？」是草莓的聲音。

莫娜回頭看，草莓從樓梯底下抬頭看著她，尾巴在發抖。

「莫娜，你得立刻跟我們走！」

「可是……」莫娜結結巴巴的說。「他聽起來好像

在哭，我覺得他受傷了。」

「那可是一頭狼啊！」草莓說。

「不，可能不是，」莫娜說，「或許是……」

咿呦。

莫娜還來不及解釋，聲音又傳來了。草莓往上走，伸手抓住莫娜的手。「我不能放你走！」

莫娜知道她的阿姨已經在擔心火勢了，她是害怕旅館外的一切嗎？「我不會有事的。」莫娜說著，試圖抽回自己的手。

但草莓抓得更緊了，當她的草莓阿姨開始往樓梯下走時，莫娜沒辦法，只能跟著她。等她們走到一半，草莓鬆開手，莫娜才把手抽回。

雖然現在聽得沒那麼清楚，但莫娜還是能聽到「咿呦」的叫聲。草莓一定也聽到了，因為她的毛全豎起來了，並加快腳步往樓下跑。

草莓阿姨顯然非常害怕，**但我可不怕！**莫娜有點訝異的想著。她其實是好奇多過擔心，當叫聲愈來愈頻

繁，莫娜知道她必須去弄明白，想到別的動物受傷痛苦，她就受不了。

　　莫娜已經看不見草莓了，她似乎沒發現莫娜並沒有跟上。莫娜的機會來了，她靜悄悄的迅速奔上樓梯，沿著走廊來到後門，把後門推開。

　　外頭曙光漸亮。原來，他們講了一整夜的故事！

　　莫娜小心翼翼、躡手躡腳的走過花園，繞過大樹，朝前門挨近。

　　就在那兒！即使在朦朧的粉色朝霞中，莫娜還是看得出，那並不是一頭狼，而是一隻狐狸！

狐狸就在門口，但他側躺著，尾巴像還殘留著餘焰的木條似的，拖在身後。狐狸很小，是一隻春天生的小狐狸，而且他似乎動都不動，直到……**咿呦**！他又叫著，然後抓著門。

莫娜害怕的細細尖叫一聲。

狐狸抬起頭、轉向她，露出尖如芒刺的牙齒。

莫娜的每一條肌肉都僵住了，她真該跟著草莓一起離開！她到底在想什麼呢？

可是，當狐狸掙扎著想要站起來，卻在哀叫一聲之後又躺回去了。狐狸開始舔著爪子，莫娜這才發現，他的腳掌都腫了。

他並不是到這兒來傷害動物的，因為他自己都受傷了。

「發……發生什麼事了？」莫娜結結巴巴的問。

但狐狸只是抬起頭，用琥珀色的大眼睛望著她。他會說話嗎？也許他才剛剛在學說話。

莫娜又試了一遍。「你的家人呢？」她問。

狐狸神情緊張，然後看著自己的腳掌。

「他們是不是出事了？是大火的關係嗎？」

狐狸抽了抽耳朵。

莫娜深吸一口氣想，那表示「是」嗎？

「沒事了，大火沒燒到這裡，」她溫柔的說，「你沒事了。」

不過她並不確定，他是怎麼撐過來的？莫娜的父母去世時，她跟狐狸一樣年幼，當時實在非常不好過。莫娜無法想像，如果她還受了傷，會是什麼情況？

莫娜知道自己不該這樣做——即使狐狸年紀小，又受了傷，他畢竟是隻狐狸——但她實在是忍不住。

「等一等，」她說，「我馬上回來。」

莫娜很快的穿過後門，衝進旅館裡。她太害怕了，不敢繞過狐狸，打開前門。莫娜在大廳裡找到她要的東西。她取下其中一個枕頭套，抓起一壺半滿的冰茶，她知道自己不該沒說一聲，就拿走東西，但她知道自己在做正確的事。

狐狸還在前門，現在他的眼睛閉起來了，他是不是⋯⋯？

莫娜尖聲一叫，不知道該怎麼辦時，狐狸便睜開眼睛了。

「咿呦，咿呦，咿呦。」他哀叫著。

「我在這兒。」莫娜說。「噓⋯⋯」莫娜猶豫的慢慢靠近狐狸。

「噓，」她又說了一次，「乖乖別動。」她戰戰競競的滴了一些茶在他受傷的腳掌上，清洗並幫助解熱。狐狸嗚咽著，但沒有亂動。接著，莫娜躡手躡腳的把枕頭套纏到狐狸腳掌上，確保他的腳掌不會穿出來。她在打結時，幾乎不敢呼吸。

「好了。」她說完，吐了口氣。「這樣會好過很多，相信我，以前我的手掌也受過傷。」

狐狸用尾巴拍著地面，彷彿在道謝，然後嘴角揚起淡淡的笑容。突然之間——笑容變成了咆哮！

莫娜機警的往後跳開。**他是在騙她嗎？**

「夠了，小傢伙，我沒有惡意。」一個熟悉的聲音響起。

莫娜轉過身，原來狐狸不是在對她咆哮，而是在對賀伍德先生吼。賀伍德先生站在那兒，比以往顯得更高大嚴肅，雙手交叉著。「莫娜小姐，請你快回旅館裡去！」他命令說。「草莓說你在這裡，可是我跟她保證說，你懂得分寸。但看來，你顯然並不懂。」

「可是賀伍德先生，他受傷了……他還只是個孩子，我覺得他還不會說話。」

「是的，我看得出來，莫娜小姐，」他鬆開臂膀，回頭指著旅館，「你得去下面了！」

莫娜知道什麼時候該遵守賀伍德先生的話，比方說，現在就應該。

莫娜離開時，回頭瞄了狐狸一眼。「我叫莫娜。」她自我介紹，並沒有預期對方會回答。

結果沒想到，狐狸竟然低聲說：「小焰。」

在廚房裡的草莓、提莉和亨利看到莫娜後，都鬆了一大口氣。不過，草莓還是驚魂未定。「我還以為你跟在我後邊。」她說著，但卻被亨利打斷了，亨利嚷嚷道：「出什麼事了？」

　　莫娜想說，卻說不出話，事情才剛剛發生，她還不知道如何說明。事情太悲傷，太離奇了。她不該去照顧狐狸的，狐狸……的座右銘並不是「保護與尊重」。一場大火，把一切都打亂了。

　　「先讓莫娜喘口氣吧。」提莉說著遞上一杯涼水給她的朋友：「你沒事，對吧？」

　　莫娜點點頭，她慢慢喝著水，一小口一小口的喝，亨利等得超不耐煩。

　　等她終於喝完水後，亨利衝口便問：「你現在喘好氣了吧？莫娜，告訴我們……」

　　可是莫娜還沒有機會回話，賀伍德先生便邁著步子走進房間。

　　「小焰還好嗎？」莫娜問。

「小焰？誰是小焰？」亨利問。

賀伍德先生摘下帽子放到一旁。「是一隻狐狸——」賀伍德先生才開口。

「狐狸？！」亨利大叫一聲，瞪大眼睛。

草莓倒抽一口氣。

「是的，是隻狐狸。他好多了。」賀伍德先生回答莫娜的問題說：「事實上，他已經離開了，你們各位現在也都該走了。」

他手一揮，表示包括所有員工，然後賀伍德先生坐回他的椅子，莫娜突然覺得他看起來比平日還小。

「賀伍德先生，您的意思不會是……」莫娜問。

「是的，我就是那個意思，」賀伍德先生一邊說，一邊扯著自己的鬍鬚，「是離開樹旅館的時候了。」

珍重再見

賀伍德先生繼續接著說，傳入莫娜耳中的話，聲音愈來愈響。「雖然我們並不知道這場大火會造成什麼結果，但有一件事是確定的，大火可能不會燒到這裡，但有更多的野狼和土狼會來。火勢把他們從家園裡逼出來，這隻受傷的小狐狸對我們並沒有危險，但我們無法知道其他的動物會不會。我不能冒這個險，你們必須在今天離開，立刻就走。」

離開樹旅館？樹旅館是她的家呀！多年來，莫娜從一個家流浪到另一個家，她不想再流浪了。「刺刺夫人

怎麼辦？等她蜜月回來，她會找不到我們。」

「她不會冒險**進入**這片森林的，沒有動物會，反正這時候不會。」賀伍德先生說。「森林並不安全。」

「大火還沒越過卵石區，對吧？」草莓問，聲音有些顫抖。「如果是的話……」

「不會越過卵石區的。」賀伍德先生說。

他一定是看到莫娜擔憂的表情了，所以他坐挺起來，然後堅定的往下說：「拜託了，親愛的朋友們，這只是為了安全的暫時之計。等大火一過，我們就可以回來了。」

大夥兒鬆了一口氣，包括莫娜在內。可是她發現，賀伍德先生說話時並沒有押韻。

「賀伍德先生說得對。」希金斯先生表示。「走吧，韓麗塔，我們去跟兒女們住吧。」

莫娜不知道希金斯夫婦有孩子！

「我考慮去住河狸旅舍。」吉爾斯說。

「是的，好的。」賀伍德先生說。不過，他似乎有

些心不在焉。

「不過，」吉爾斯接著說，「也許我會去找我爸爸和媽媽。」

吉爾斯有爸爸、媽媽？他當然有，但莫娜還是覺得有點奇怪。我該去哪裡呢？她心想。提莉要去哪裡？

亨利有了答案。「我們要去找小帽和榛樹林女公爵的孤兒之家，對吧，提莉？」

「是啊。」提莉答說。「那邊離火災區更遠，我們在那裡很安全。」

莫娜還沒開口問能否跟提莉和亨利一起去，草莓便轉向她說：「我希望你能跟我一起去居間客棧。」

莫娜驚訝到不知道該說什麼。

但提莉知道，並且立刻就說：
「她當然會去。」

草莓笑了笑。「你確定嗎，小甜心？」她問莫娜。

此時，莫娜沒有一件事是確定

的，不過她還是點點頭。「謝謝你。」她說。

回莫娜房間的路上，莫娜十分安靜，提莉卻講個不停。

「我好高興你說要去。」提莉說。

「可是……」莫娜表示，「我並不……」

「你會想跟家人在一起，不是嗎？」提莉打斷她說：「草莓就是家人，莫娜，**真正的家人**。」她的聲音有些顫動。「而且你到了居間客棧，說不定能找到更多親戚。」

莫娜還沒想到那一點。「可是……我還以為我們……」

「這樣是最好的。」提莉理所當然的說。「你不屬於小帽那邊，小帽那裡是給孤兒住的，你已經不再是孤兒了。」

其實不全然是那樣，但提莉接著說：「你跟草莓在一起一定會很有意思，我知道你會很開心的。不過，你

最好別讓那些老鼠隨便差遣你,你只是去那邊拜訪的,畢竟你還是在這裡工作,而且是我一手帶出來的。你最好那樣跟他們說!」

「我會的,」莫娜說,「我答應你。可是,提莉⋯⋯」

「好啦,好啦,」提莉抽抽鼻子,然後用力的眨著眼睛,「你以後再謝我就好了。」

提莉離開之後,莫娜開始打包,大火與提莉說的一切,在她腦子裡旋繞不停。她拿出有心形扣環的核果行李箱,那是賀伍德先生送給她的。賀伍德先生說,這不是旅行用的行李箱,而是給她儲放私人物品的箱子,因為現在樹旅館就是她的家了。

提莉是怎麼跟她說的?她說她不會離開太久。莫娜把行李箱放回去,她只需要她的圍裙和種子蛋糕。莫娜把蛋糕塞進圍裙口袋,就是提莉在上面縫了一顆心形口袋,心縫得歪歪的,對她來說卻很完美的那條圍裙。

莫娜心想，**提莉說得對！**其他員工都要去找他們的家人了，現在她也是，但只是去拜訪一下而已。

　　她興奮到像是胃裡有一群飛來飛去的小蝴蝶。她就要去跟阿姨住一陣子了，她要去居間客棧！不久，她就會帶著自己的故事回來，在樹旅館寬敞的大廳裡，跟提莉和大夥兒分享。

　　可是當莫娜離開她的房間，房門最後「咔」的一聲關上時，卻覺得房間像是在跟她說再見。

可怕的森林

樹旅館外的空氣不僅彌漫著煙味──感覺上濃到都能嘗出味道來了。果然如賀伍德先生說的,小焰已經離開了。不過,草莓和提莉仍緊張的不斷四處張望。

春天時,所有員工一起送賀伍德先生出門,去幫他的朋友打理豪華的河狸旅舍。這回剛好相反,賀伍德先生站在他的旅館門口,目送最後一名員工離去。

他沒有打領結,沒有戴禮帽,而是穿了一件補丁的舊背心,戴上一副工作手套。

「可是賀伍德先生,你呢?」莫娜問。

　「我不會有事，」他說，「我只是還有幾件事得處理完。」

　「然後你一定得去河狸旅舍，賀伍德先生。」希金斯太太嚴正的說。

　「會的，會的，當然會。」賀伍德先生說。

　希金斯太太狐疑的看他一眼。「你保證哦，小喬治？」

　提莉用手肘推了推莫娜。「小喬治？」

莫娜本來很想笑，可是希金斯太太看起來實在太嚴肅了。

賀伍德先生沒再多說，只是後退一步，退回樹旅館裡。

「手腳快，要注意安全。」賀伍德先生揮揮手，然後就走進去了。

但大夥兒都沒有離開，直到亨利終於扯著提莉的手，說：「我想去找小帽！我們走吧！」

於是，姊弟倆離開了，其他員工也往乾枯的溪床上走——現在那裡一點水都沒有，連小細流都不見了。只有莫娜和草莓往不同的方向離開，草莓指著一片矮叢間的小徑，那邊長滿了野草莓。

「先去村子裡，然後到居間客棧。」她對莫娜笑說。自從莫娜同意跟草莓一起走後，她就一直對莫娜笑。「跟我來。」

莫娜正要跟上去時，卻聽見提莉大喊：「莫娜，等一等！」提莉手裡拿了一片種子蛋糕，她把蛋糕掰成兩

半，一半遞給莫娜。「拿去。」

「沒關係，」莫娜說，「我不餓。」

「這不是拿來吃的，」提莉說，「是要留著的。你知道，我們松鼠都說『分一半，說再見；重逢時，一起吃』……反正別吃掉，好嗎？」

提莉把種子蛋糕塞到莫娜手裡，莫娜垂眼看著參差不齊的半片蛋糕，看起來有點像半顆心。「噢，提莉……」

可是，她最要好的朋友已經走了。

莫娜小心翼翼的用一片葉子把種子蛋糕包好，收入圍裙口袋裡，然後匆匆跟上草莓。「跟緊了。」草莓說，語氣頗為嚴肅。

她們走在小徑上，草莓帽子上的蝴蝶結跟著她的腳步上下晃動。婚禮時的暴雨早已被她們遺忘了，一切都顯得灰溜溜的，乾燥的青苔被莫娜踩得噼啪響。

她們不是唯一離開蕨森林的動物。一路上，她們看到一窩包括三親六眷的兔子，一位慌忙點著兔子數量的

高曾祖兔奶奶；有三頭鹿迅速的躍過樹林，但他們的動作依然優雅得跟舞者一樣；一個花栗鼠家族從窩裡爬出來，搬出一個又一個的提箱。

「太多了！太多了！」花栗鼠爸爸嘴上念著。

「可是那些茶巾！」花栗鼠媽媽喊說。

莫娜沒有聽到他們最後的對話，因為草莓催她快走。「還有很長一段路，我等不及要讓你看看居間客棧了，小甜心。那邊所有的一切，大小都正好適合我們。」

「我想，那樣清理起來比較容易吧。」莫娜想當然爾的說。

草莓笑了笑，說：「沒錯，不過我並不介意打掃。」

「整理房間還挺療癒的……」莫娜表示。

「還有掃地……」草莓接著說。

「以及整理所有東西。」莫娜把話說完。

莫娜笑了，她們有更多共通點了。這也許不是最完美的時刻，但已經夠恰當了。**「草莓，我想要——」**

「有什麼事等等再說吧。」草莓打斷她說。「除非我們加快腳步，否則今天沒辦法睡到整潔乾淨的房間了。」她加緊速度，幾乎把莫娜扔在後邊。

莫娜難得大聲嘟嚷的樣子，肯定連提莉望塵莫及。

她**又**再次錯過機會了。

莫娜連忙趕上草莓的腳步，卻在岔路口失去草莓的蹤影。她往那條看起來較多腳印踏過的路，卻被草莓叫住。

「不對，莫娜，不是那條路。」草莓語氣驚慌的說。「我們不能走那條，雖然可以省去一半的時間，但我們很可能會被吃掉，不值得冒那種險，那就是……」她打著哆嗦，似乎沒法把話說完。

草莓不必說完也無所謂，莫娜看到大型動物的行跡了。她的毛髮直豎，連忙奔向在另一條小路上的草莓，嬌小的草莓已經躲起來了。

她們一起走了好長一段時間，只停下來喝點東西。最後，空氣中的煙味終於沒那麼重了，也許是因為現在吹起了微風。莫娜可以感覺微風像熱氣似的吹在她的毛上。天空依然黑黑的——但也許只是因為時間漸漸晚了。莫娜覺得好累，她手腳痠痛，肚子咕咕的叫。可是，草莓不肯停下來吃點東西。

她們離樹旅館愈遠，森林就變得愈詭異。莫娜可以聽到其他動物走動的聲音，那是沙沙響的豪豬嗎？是田鼠爬動的聲音嗎？

莫娜朝草莓挨得更近了，差點沒絆到她的尾巴。

啊嗚！

有嗥叫聲，這回聽起來不像是狐狸，而像野狼！賀伍德先生**確實**說過，大火會把所有動物從他們的窩裡趕出來，即使是那些「尖爪利牙」的動物。如果連安全的

路徑都這麼可怕了，另一條路會是什麼樣子？

「快點！」草莓催促著，拔腿跑了起來。莫娜也是，結果絆到草莓的尾巴，她們倆一起從小徑上滾進一片灌木叢裡。

草莓找到自己的行李箱，拉起莫娜，然後慌張的左顧右盼。灌木叢裡盡是繞不開的枝子和樹根，莫娜努力保持鎮靜，她看到兩根扭曲的枝子間有個開口。

「來吧。」莫娜說著，拉住草莓的手，帶領她的阿姨，穿過纏繞不清的樹枝。「你確定是這邊嗎？」草莓問。

莫娜並不確定，但還是繼續往前走。

等她們鑽出灌木叢時，根本就看不到小路在哪裡。

「我們迷路了！」草莓慘叫一聲，莫娜也開始慌了。她們原本走的小路呢？

灌木叢沒入黑暗中，莫娜看不到盡頭，但她看到某個東西，一個莫名熟悉的景象，那是一條小毯子，毯子的一頭鉤在樹枝上，另一頭抓在一隻小蝙蝠的手裡。蝙

蝙蝠爸爸和媽媽則在上方盤旋。

「等一等，媽咪！沒有毯子，我**沒辦法**睡覺。」小蝙蝠說。

「是啦，是啦，我還不知道嗎！可是快點，凱維爾叔叔正在等我們。」

「是凱維爾家族！」莫娜大聲說。

「誰？」蝙蝠媽媽問，她一定是聽到莫娜的聲音了。「是誰在那兒？」

「在這下面！」莫娜說：「您能幫幫我們嗎？」

蝙蝠媽媽飛下來，蝙蝠爸爸和寶寶則繼續設法解開寶寶的毯子。「一隻老鼠？」她仔細打量莫娜，眼神落到她的圍裙上：「你是從樹旅館來的嗎？」

莫娜點點頭。「我們打算往村子裡去，那邊比較安全。可是，我們找不到路。」

「找不到路？小路就在那邊，繞過那片灌木叢角落就到了。」她用一隻翅膀指著。

「噢，謝謝您！」草莓終於擠出聲音說話了。

　　「噢，是我們該**謝謝你**，樹旅館的員工能把我們的毯子送回來真是太好了，巴索羅繆沒有毯子真的無法睡覺，而且現在就算能睡，狀況也很糟糕。」

　　莫娜微微一笑。

　　「**媽咪！我弄好啦！**」小蝙蝠得意的大喊。

　　「幹得好，巴弟！」蝙蝠媽媽把眼神轉回莫娜身上：「我們真的該走了。」

「我們也是，」莫娜說，「再次謝謝您。」

蝙蝠一家奮力鼓動翅膀，消失在夜色裡，巴弟手裡的毯子，被他身後的微風不停吹動著。小路果然就在凱維爾太太剛才所指的方向。

莫娜終於不再害怕。要是提莉跟她在一起就好了，她就能明白，歸還毯子是值得的。**等我再見到她時，我一定要告訴她**。莫娜心想。可是，她們何時能再見面？莫娜覺得心有些微微的疼。

她正要伸手到口袋，摸提莉給她的那片種子蛋糕時，卻聽到草莓大喊：「你看！」

莫娜的心猛然一跳。

她們來到森林盡頭了，那裡有個跟莫娜齊高的牌子，上面刻了一個箭頭和幾個字：

往居間客棧。

居間客棧

柱子上面有其他牌子寫著：**碎屑烘焙屋、小鬍鬚旅遊**，以及**餅屑民宿**。

「那些都是我們的競爭對手。」草莓透露說。

最後一個牌子，往她們之前沒有走的那條小路的方向指，上面寫著：**危險勿入**。

「別擔心那個。」草莓說，離開森林後，現在她似乎變得更有自信了。「居間客棧裡沒有危險，連貓都沒有。一旦我們越過這裡，就絕對安全了。」

她們面前橫著一條寬大的道路，很像用石頭堆成長

長的一條河道。沿著路邊照明的不是星星，而是許多巨大的燈。兩隻小老鼠匆匆穿越大路。

她們來到道路的另一側，在一小片草地上稍微喘了口氣。微風已經變成強風了，長長的草像好多條憤怒的尾巴，來來回回的掃動。

草莓一手按住自己的帽子，另一手拎著行李箱，奮力穿越草叢。莫娜也跟著前進。

她們面前出現一棟大房子，房子的大門，比樹旅館的門要大上很多很多倍。即使在燈光下，莫娜也能看出門漆成了亮藍色，門窗上還掛著像青苔的漂亮綠色褶邊，煙囪像歪歪扭扭的樹冠，立在屋子上方。

另一個橫掛在房子門上的牌子寫著：**居間客棧**。

「就是**這裡**嗎？」莫娜細聲問。

「是的。」草莓說：「我的意思是，不是，你會明白的，跟我來。」

莫娜既緊張又興奮的跟著草莓繞過屋側，穿過一片片的莓果植物。「我的名字就是這麼來的，」草莓說，

「我們家族的人，都用不同的莓果命名。」

所以媽媽應該也是囉？可是……**瑪德琳並不是莓果的名稱**。莫娜心想。

她沒有機會再仔細多想，因為草莓停在一個從屋頂伸下來的大排水管前。莫娜不確定原因，直到她看見另一個牌子寫著：**需服務請搖鈴**。有個鐘鈴掛在排水管的開口上。

「沒必要吵醒他們，」草莓說，「我們上去吧。」

草莓往前先走。排水管內部意外的乾淨，而且用一串小小的，看起來不是點火的燈，照得通明。像梯子橫桿般的踏階，往上通向最陡的地方。

草莓走到半途時，在一扇嵌入排水管壁的小門前停下來。門上有個用大黑鈕釦做成的門把。

莫娜的心怦怦跳，是一個新旅館哪！由於火災，加上提莉的事，她一直沒真正感覺到興奮，但現在她真的很亢奮，她就要看到另一家旅館了——一間老鼠旅館！除此之外，在這間旅館裡，在這個舒適安靜的

地方，她知道終於有適當的時機，能聽一聽草莓的故事了。

　　草莓握住門把一推，門咿咿呀呀的開了，她們倆攀過一條平坦的木橋，木橋一邊有小小的深色凹槽，然後穿過另一道門……接著進入居間客棧。

　　客棧大廳跟樹旅館的一樣潔淨，但小了很多，而且非常不同！

　　這裡的家具不是用枝條、青苔、樹皮和莓果做成

的，而是用那些她曾聽說過的東西製成。釦子和瓶蓋用頂針撐住做為桌子，一些拿來當成椅子的線軸，還有另外一把用木湯匙頂端做成的椅子——那是一把巨大的湯匙。這裡沒有火爐，但熱氣似乎從地板上的許多小洞裡冒出來。

不過，有件事令她想到樹旅館。一條掛在牆上的大緞帶上，繡著一句座右銘：**快樂介於居間處**。

如同草莓說的，旅館裡的一切，大小都剛好適合老鼠，連氣味都飄著鼠味。莫娜等不及想看看旅館其他地方了。

大廳一側，有個倒扣的大茶杯當成辦公桌，桌子後面坐著一隻上了年紀的老鼠婆婆——而且在打瞌睡。吉爾斯一定會很吃驚！桌上有另一個小鈴鐺，跟入口的那只鈴一樣，放在老婆婆前面，還有個寫著「**搖鈴叫醒**」的牌子。

可是，她們沒必要叫醒婆婆。

年邁的老鼠婆婆突然直直坐起，害莫娜嚇一跳。

「哼！」老婆婆哼著氣，她的毛都已灰白，眼睛卻十分明亮，她先是看著草莓，然後再看看莫娜。

「你怎麼去那麼久！你知道我有多擔心嗎？」

「醋栗奶奶，你幹嘛等我們？」草莓結結巴巴的說。

「奶奶？」莫娜喃喃說。**還有更多家族成員呀？**

「我沒想到你會——」草莓接著說。

「沒想到？在聽到消息後，你想我還會怎麼想！我的孫女就在那條充滿危險的路上！」

「可是奶奶，我們並不危險，大火甚至沒威脅到我們。事實上，最危險的反倒是一隻狐狸——」

「哼！」醋栗奶奶又哼了一聲。「你錯了，錯了！」

「錯了，這話怎麼說？」莫娜突然問道。她的心因為不同的理由而跳得好快。

醋栗奶奶用鬍鬚指指莫娜，問草莓說：「就是她嗎？」

草莓點點頭。

醋栗奶奶從自己的圍裙口袋掏出眼鏡戴上，眼鏡把她的眼睛放成兩倍大。她望著莫娜，莫娜站得更挺了。

「唉呀，你真是個小不點啊？就跟你母親在你這年紀一樣⋯⋯」她的聲音一哽，然後摘下眼鏡，拿起一小片蕾絲擦著眼睛。「草莓，我真的很高興，你把她帶回來了。我不確定你有足夠的勇氣再到森林裡闖一次。我還以為得親自出馬去找你們了。我想，她會跟我們住在一起吧。」

「什麼？不！我⋯⋯」莫娜支支吾吾起來。

「噢，相當歡迎你來喔。別被我嚇到了，我比外表看起來更和善，草莓會告訴──」

「請告訴我發生什麼事！」莫娜大聲說。

「醋栗奶奶，我們不太明白你的意思。」草莓說。

「你們沒聽蜂鳥說嗎？沒感覺到風嗎？」醋栗奶奶緊緊抓著那片蕾絲。「蜂鳥說，有壞消息，消息確實很

糟糕，非常糟糕，是最糟的那種。」

　　醋栗奶奶深深吸一口氣，莫娜也是。

　　「風改變了火向，大火越過卵石區，朝樹旅館燒過去了。」

草莓的祕密

莫娜頓時覺得天旋地轉，眼前糊成一片，就像腦袋裡進了煙霧。她覺得大廳就像圍著自己在繞圈圈，醋栗奶奶接著說：「我知道你們已經盡力了，聽說樹旅館那邊挖了壕溝，準備了一桶桶的水。幸好你們已經離開了。」

什麼壕溝？什麼一桶桶的水？莫娜聽不清楚，醋栗奶奶的聲音像來自遙遠的地方。「大火燒到樹旅館只是早晚的事，蜂鳥是這麼說的，唉……」

莫娜閉上眼睛避免暈頭轉向。不應該出這種事的！

賀伍德先生說過，大火不會燒到樹旅館。

「莫娜！」是草莓的聲音。

「她需要來杯茶和餅屑，你上回餵她吃東西是什麼時候的事，草莓？」

「她只是需要休息罷了。來，小甜心，跟我來。」草莓說。莫娜感覺草莓拉住她的手。

有個很大的聲音，聽起來像鈴聲響，然後又有更多聲音。莫娜覺得所見所聞都像是在夢裡，草莓領著她穿過大廳，來到房間和床上，床上有條用緞帶做成的拼布被。一隻瓢蟲穿著圓點花紋的超小圍裙，端了裝有餅屑的盤子，還有一隻蟋蟀用頂針送來一杯水，還是茶？

結果是茶──冰冰涼涼的甜茶。餅屑的奶油味香濃又酥脆，莫娜逐漸從迷迷糊糊的狀態清醒過來了。

她發現自己躺在一小間客房的床上。床邊有個床頭櫃，上面蓋了一條緞帶做為桌布。房間角落豎著一根巨大的鉛筆，上面掛了一件浴袍。牆上有張照片，是一位優雅的老鼠。

「那是莫鼠科芭蕾舞團的首席女舞者，」蟋蟀啾啾的說，「她住過這個房間！許多著名的老鼠都用這房間來避開繁忙的外界，讓自己休生養息。現在則是你，你在這裡很出名，你知道嗎？為什麼？因為我們客棧連一次《松果日報》都沒上過，而樹旅館已經被報導**三次**了！根據我們聽到的消息，一切都得歸功於你。」

「噓，詹姆士，」草莓說，「現在不是聊天的好時機。謝謝你送茶過來，你可以下去了。」

「是，當然。」蟋蟀說著，碎步迅速離開，留下草

莓和莫娜。

「詹姆士非常以居間客棧為榮。」草莓一邊說，一邊把拼布被拉平：「好了，你覺得好些了嗎？」

莫娜心想，也許精神有好一點吧，但心裡並沒有。她怎麼可能會好過？

「不會有事的。」草莓說：「你在這裡很安全，幸好賀伍德先生叫我們大夥兒全離開。」

「樹旅館……那是我家呀。」莫娜深深吸了一口氣。

「我知道，」草莓說，「可是你不必擔心，居間客棧現在就是你的家了。」她指著整個房間：「這是你家，也是我的，有件……有件事我得告訴你，一件我一直想跟你說的事。」

現在嗎？草莓打算現在跟她分享那個快樂的祕密嗎？真的沒有比現在更糟的時候了！

草莓還沒機會說話，莫娜衝口說：「我知道。」莫娜坐挺身子，抽出她圍裙口裡的項鍊。

草莓瞪大眼睛。「你怎麼⋯⋯哪裡⋯⋯你是在哪裡拿到這個的？」

「提莉和我在失物招領處找到的。」莫娜說。

她把項鍊遞給草莓，草莓小心翼翼，極其溫柔的拿著。她顫聲說：「這是你媽媽和我在很年輕的時候，為彼此做的。」

「提莉和我都猜到了。」莫娜說。

「我正希望你能猜到。」草莓說。

「主要是提莉猜到的。」莫娜說。

草莓點點頭。「她是隻聰明的松鼠，最好的朋友對彼此的感受最敏感。」

莫娜不太確定那是什麼意思，但她知道提莉會喜歡被說「聰明」。她等不及想告訴她，跟她分享所有的事情了。但是，萬一樹旅館燒毀了，萬一她在這兒住了下來，那她什麼時候才能再見到她的朋友？莫娜八成哭出聲了，因為草莓將她拉近。

「好了，好了，」草莓說，「抬起頭，別難過了，

117

一切都會沒事的。現在你明白為什麼我的家、我的旅館，就是你家了吧。」

「為什麼你當時不立即告訴我？」莫娜問。

「因為，」草莓緩緩的說，「一旦跟你說了一些我的故事，你就會想知道所有的事，然後⋯⋯」她的聲音一顫，「然後我怕你就再也不想理我了。我希望你如果先了解我一些，可能會好一點。」

「這話是什麼意思？」

草莓搖搖頭。「我⋯⋯我也不覺得我應該現在就告訴你，得再等一等。」

「不行，**告訴**我。」莫娜堅持。不管故事是悲是喜，她都需要知道。

「好吧。」草莓說，聲音忍不住的發抖。「那是很久以前的事了，我們大夥兒在森林裡野餐，慶祝你的爸爸、媽媽終於找到一個屬於他們自己的家了。他們正要搬過去。」

「那我呢？」莫娜問：「我當時也在嗎？」

「在啊。」草莓微微一笑：「當時你是隻好可愛的老鼠寶寶。」

莫娜努力回想，當時有個籃子，不像樹旅館的籃子，而是用甜茅草編成的小籃。有種子蛋糕，溫暖的太陽，搔癢的鬍鬚，以及……一滴雨水？

「我們正在吃甜點時，看到暴雨的雲層開始堆積，天空變暗了。」草莓接著說：「我邀請大家回居間客棧，客棧並不遠，但你爸爸、媽媽想去新家，他們說，他們已經在客棧打擾太久了。我告訴他們別傻了，居間客棧永遠歡迎他們。你媽媽……她是……」

「是家人。」莫娜把話說完。

「沒錯，」草莓說，「可是，她不肯聽，堅持要去他們的新家，我當時真該堅持去追他們的，可是我沒有。暴風雨剛開始時，我已經回到居間客棧了。」

「就是**那場**暴風雨。」

莫娜喃喃說。

草莓又說：「現在你明白，為什麼我不敢告訴你了。」她的眼睛一溼。「我應該做點什麼的，我一直很自責。」

莫娜搖搖頭。「別自責。」她會永遠思念她的父母，但那並不是草莓的錯。

草莓悲傷的淡淡一笑。「你的個性甜得跟糖一樣，卻又很有韌性。」她把項鍊還給莫娜。「我該走了，讓你好好休息。」

她緊緊抱住莫娜，在她的額頭上親一下，然後轉身離開。

床很軟，但不是她的羽毛床墊。莫娜輾轉反側，思緒翻騰不已，從她父母，想到樹旅館，然後不停反覆。如果她爸爸、媽媽當時留在居間客棧，就會很安全了……至少，樹旅館的每個員工都很安全吧。提莉和亨利現在一定在小帽那兒安頓下來了，感覺他們好遠啊！

莫娜想起種子蛋糕，她**還**能有機會與她的朋友「一起吃」嗎？

莫娜坐起來，從口袋裡拿出她的小包。**唉呀，糟糕了**！那片種子蛋糕不知道在什麼時候弄碎了，現在只剩下種子了。這一定是一種徵兆──一個壞兆頭。但莫娜還是再次包妥蛋糕，收入口袋裡，然後躺回枕頭上。她眼中充滿了淚水，趁眼淚還沒滴下來之前，把眼睛閉上，她並不想哭。

最後，莫娜終於睡著了，但她的夢裡盡是化成火焰的洪水，火焰愈逼愈近，直到她身上的毛都能感覺到熱氣。莫娜驚醒過來，心突突的跳。她在哪裡？

這不是樹旅館……

莫娜慌亂的左張右望。喔，對了，她在居間客棧。樹旅館……她的家……不久就會消失，被火燒光，只剩下回憶。她痛恨大火，恨之入骨，莫娜覺得喉頭好緊，嘴巴好乾。

莫娜看了看床頭櫃上的頂針，裡面空了，她需要更

多茶水。

莫娜起身，躡手躡腳的走出房間。走廊上的燈很暗，而且非常安靜。**大夥兒一定都睡著了！**她心想。莫娜並不想叫醒草莓，更何況，她並不知道草莓的房間在哪裡，她可以自己找到廚房。

她慢慢走過大廳，不確定該往哪個方向走。她又走過另一個大廳，裡面黑漆漆的，還掛著每位住過居間客棧的名鼠相片。廚房會在哪裡？

最後，莫娜是靠著她的鼻子找到的，廚房裡飄散著起司和肉桂的香味，就在一個半隱藏式的廳堂尾端。廚房的門開著，莫娜往裡頭窺探。

廚房裡有個大長桌，四周擺了長凳，桌上有碗盤，一副準備吃早餐的樣子，甚至有張椅子放在長桌盡頭。這就像樹旅館一樣——只是所有東西的尺寸都是適合老鼠的，專供像她這種身形大小。這種恰恰好的感覺應該很棒才對，可是不知怎麼的，莫娜就是覺得東西好像都太小、太小了。

靠在一面牆邊的，是大桶大桶的碎屑，每個桶子上都有標籤。她讀了幾個：**來自地板，來自桌子，來自沙發**。有一個桶子甚至標著：**來路不明**。草莓跟她說過，老鼠會從樓上收集所有的食物。

茶擺在哪裡？莫娜正想去櫃子裡找時，聽到有個聲音說：「實在太……太悲傷了……」

那聲音愈來愈大，而且還加進腳步聲和奇怪的搔刮聲。莫娜躲到其中一個桶子後邊。

她從桶子側邊窺望，看到一股柔和的光。一隻螢火蟲和蟋蟀詹姆士正拖著一個桶子，裡面裝有一塊跟莫娜

一樣大的餅乾。

「你看到她了，對不對？就老鼠來說，她個子好小哦……」螢火蟲說。他們開始把餅乾弄碎，將碎片放到比較遠的桶子裡。

「小到應該抵抗不了貓頭鷹吧……」詹姆士同意說。

「或狼群。」螢火蟲說。

原來他們是在說她！

「記住了，」詹姆士說，「等小老鼠醒來，千萬別跟她提任何事。醋栗奶奶不想再讓她更擔心了。」

讓她擔心？他的話是什麼意思？

接下來，莫娜便聽明白了。

螢火蟲閃著光繼續說：「但願蜂鳥能夠找到老闆，他不在河狸旅舍，森林裡所有動物這會兒都跑到那兒了，因為水能夠保護他們安全。那他會跑去哪兒呢？」

「他應該不會來這裡吧，」詹姆士說，「那麼大一頭獾，怎麼住在居間客棧裡！」

莫娜忍不住倒吸一口氣。他們在說賀伍德先生！

螢火蟲把最後一點餅乾弄碎。「走吧，我們還有更多食物要拿下樓，老鼠在大圖書館的扶手椅下，找到一整塊起司。」他們把空掉的桶子拖在身後就離開了。

莫娜緩緩的站起來，她簡直不敢相信自己的耳朵。賀伍德先生失蹤了？她還以為每位員工都安全無虞，莫娜擔心到鬍鬚都打結了。賀伍德先生會去哪裡？

除了河狸旅舍，莫娜實在想不起他去過哪裡。賀伍德先生總是待在樹旅館裡，當其他員工離開時，他還是留在那兒，而且穿了靴子，戴著手套，沒有像平時戴著帽子與領結。莫娜當時並沒有多想，但現在仔細回想，似乎滿奇怪的。就跟醋栗奶奶稍早說到水桶和壕溝的事一樣怪。並沒有員工挖了壕溝，也沒有準備一桶桶的水⋯⋯除非⋯⋯

除非是賀伍德先生弄的！

樂樂找不到賀伍德先生，理由很簡單——賀伍德先生根本沒離開樹旅館！

想到這裡，莫娜便知道，一定就是這麼回事了，她打從心底到鬍子尖，都很確定。

　　賀伍德先生到底在想什麼？他永遠不可能獨力對抗熊熊的大火！萬一大火能越過滿是石頭的卵石區，單憑一條壕溝和幾桶水，怎能阻擋得了火勢！

　　莫娜衝出廚房。

　　她是不是應該去找草莓？可是，草莓能做什麼？更何況，萬一草莓阻止她呢？她曾經試圖阻攔莫娜幫助小焰──而他還只是隻狐狸寶寶，這可是一場森林大火啊！為了保護她的安全，草莓一定會死命阻擋。莫娜應該會注意安全的。萬一她真的看見火焰，就會立刻掉頭回來。草莓能理解她嗎？

　　莫娜回到大廳，摸到櫃檯，想找個東西寫字。那裡有一瓶花、一本登記簿，以及一些寫著客棧名字的文具。她抓起一枝鉛筆。

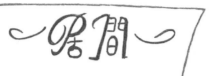

房間

親愛的草莓阿姨：
我回樹旅館了，賀伍德
先生有危險！請您理解。

信該怎麼收尾？要如何表示她有多麼在乎草莓，以
及有多麼感謝阿姨為她所做的一切？她真希望不是在這
種情況下表達她的心意。

莫娜畫了一小顆心，在心的旁邊寫：

♡ 您的甥女，莫娜

返家

莫娜以前也急忙的奔跑過,但從來沒跑這麼快。她從排水溝滑下來,然後衝過草地,來到寬大的石河邊,石河才過了一半,莫娜便感覺到腳下的地在震動,害她差點跌倒。不過,莫娜的平衡力超強,所有的老鼠都是。她站穩之後,迅速衝到安全地帶。

時間掐得剛剛好——**嗖!**

莫娜全身一震。那是什麼東西?莫娜回頭一看,但那東西已經消失了,只留下刺鼻的氣味。她的腳雖然還在發抖,但莫娜知道自己得繼續往前。

她每走一步，就更加希望自己能及時趕到。不久，莫娜來到森林邊緣有標示牌的地方。

危險勿入！

箭頭像隻爪子似的指向蕨森林，那不是莫娜和草莓之前所走的小路，而是左邊一條寬大很多的路。

草莓是怎麼說的？不能走那條路……**雖然花一半的時間就能抵達，但我們很可能會被吃掉。**

從樹旅館到居間客棧的路，耗去草莓和她一整天的時間——也許還加了半個晚上。她沒有那麼多時間了，莫娜沒得選擇，她想著賀伍德先生，便朝著「**危險勿入**」的標示走。

往危險小路的地面都被踩踏得相當牢實，挺好走的——也太好走了。路上沒有可以鑽進去躲藏的灌木叢或刺藤，莫娜在兩根扭曲枯死的樹幹之間，踏上危險小路時，全身的毛都豎了起來。地面上的路寬是她身形的三倍大，空氣中飄著煙味，還有野狼和貓頭鷹難聞的氣味。當她看到貓頭鷹的糞球——結成一團的絨毛和骨頭

時，莫娜害怕的細聲尖叫，但她並沒有停下腳步，直到
她聽見頭的上方傳來聲音。

「這邊，小怕！」

「我聽到了，阿吼！」

她認得這些聲音，她在幾個月前聽過，他們就是秋
季時，威脅樹旅館的同一批狼。喘息聲和重重踩在地上
的腳掌聲愈逼愈近了。

莫娜渾身發僵，預期會有最糟的狀況。

可是，狼群直接從她旁邊經過！阿吼、小怕和狼群其他成員，包括一些幼狼，他們弄溼的毛沾上煤灰，身上的毛都結成了條狀，黃色的眼中泛著驚恐。

　　這群狼相當害怕！他們跑開時甚至沒有注意到她。更怪的是，直覺告訴莫娜，要她轉身跟著狼群跑。

　　可是莫娜沒有那麼做，依舊匆匆的奔赴前方。

　　她看到自己想都沒想過的情景，一隻黃鼠狼悄悄的走在松鼠一家子旁邊；一隻老鷹俯衝而下——不是為了攻擊，而只是大聲呼叫：「快飛！快飛走！」

　　整個森林都亂成一團了。

　　接著，不可能的事情發生了——從空中落下，穿過樹群，飄下了雪花。夏天的雪花！但又不像雪花或星星那樣閃閃發光，而是暗淡、濃厚、粉狀的雪。

　　原來那不是雪花，而是灰！

　　大片大片的飛灰落在莫娜的毛上，由灰轉成了土棕色。雖然飛灰不像冬天的暴雪那樣吹打著她的鬍鬚，或讓她的鼻子凍得刺痛，可是感覺卻更糟上百倍。

她還能往前走多遠？現在，莫娜能感受到熱氣，還有嗆著喉嚨的煙味了。她答應自己，一定要注意安全，可是如果灰燼這樣飄落——便表示大火很近了。

　　但樹旅館也是！

　　莫娜繞過一道彎口，她看到乾涸而滿是沙土的溪岸，然後是修剪整齊的青苔，接著就是大樹！

　　大火還沒有燒到大樹！

　　大樹與平時一樣高聳入天，卻沒有以往的壯麗。原本金黃蒼綠的樹冠，此時沾滿了髒污的灰燼，而且樹枝看起來變得比較小了，好像被剪掉了細枝似的。大樹底下環著一道乾巴巴的壕溝，那一定是賀伍德先生挖出來的，而且他在圍著樹幹擺放的水桶裡裝滿了水，可是所有房間的燈都是暗的。

　　這看起來一點都不像是一間豪華大旅館。

　　這只是一棵巨大的老橡樹。

　　莫娜的眼睛不是被煙燻痛，倒是被淚水刺疼了。她可以看清眼前的景象，清楚到足以令她心碎。但是……那裡……在門上，她爸爸刻上去的那顆心還好好的。莫娜心中一震，勇敢的越過壕溝，把門一推。

　　門咿呀呀的開了，跟之前那一百遍、一千遍開門時一樣，也像她之前一百遍、一千遍開門後一樣，莫娜走了進去。

黑幽幽的大廳安靜無聲，太安靜了，安靜到莫娜能聽見自己的心跳，和關門時鑰匙晃動發出的聲音。鑰匙掛在櫃檯後邊的鑰匙鉤上……每一把鑰匙都在。野餐時被堆到一旁的樹枝家具，依舊堆疊著。火爐架上的裝飾都清空了，牆上只掛了婚禮畫像，和一張全體員工畫像。感覺那是好久以前的事了。

　　莫娜打著哆嗦。

　　「賀伍德先生！賀伍德先生！」她大聲喊著，聲音在空中迴盪。

　　沒有回答。

　　莫娜跑去查看賀伍德先生的辦公室，裡面是空的。宴會廳和餐廳裡也空空蕩蕩。樹旅館裡不僅僅是沒有住客，連那些讓樹旅館感覺像家的東西也都不見了：種子蛋糕的奶油香，橡實舒芙蕾的濃郁堅果香，住客喋喋的聊天聲與歌唱……

　　「賀伍德先生！」莫娜再次大喊。

　　賀伍德先生，賀伍德先生……大樹回喊著。

還是毫無回應。

賀伍德先生也不在廚房裡。

莫娜檢查了所有房間……他還能跑去哪裡？

對了！她還沒去看賀伍德先生的套房。

賀伍德先生的套房是莫娜唯一從沒進去過的房間，就她所知，提莉也沒進去過。

莫娜匆忙走下樓梯，穿過廚房和員工的房間，經過冬眠套房，往下朝土底深處走。這裡更涼爽，但還是不安全。大火甚至可能燒到樹根，她得加快速度。

終於來到樓梯的盡頭──前面是一扇大木門，木門開著。

「賀伍德先生？」莫娜想大喊，聲音卻細如呢喃。

她走進房裡。莫娜總是想像賀伍德先生住在一個比頂樓套房更華麗的房間，但這裡卻是間簡樸的單人房，中間是大樹的主根，橡樹的樹心，屋裡有一張書桌，和一個擺滿書本的小書架，賀伍德先生就坐在房間另一側，用乾草做成的普通床上。

他穿著靴子和補丁的背心，手套則擺在身旁。賀伍德先生低頭望著自己的雙手，用兩個枕頭套胡亂包裹住，就像之前莫娜幫狐狸小焰包紮一樣。

賀伍德先生受傷了，一定是挖掘太久的關係。

「賀伍德先生……？」莫娜輕聲說。

賀伍德先生嚇得跳了起來。他一看到是莫娜，便用一隻包著的手抹眼睛，原來他在哭！

可是，當他的眼神與莫娜的眼神對上時，眼中卻閃出一股怒氣，連鬍子都豎了起來。

「莫娜小姐！」他咆哮著站起來。

「沒事的，賀伍德先生。」莫娜說。

「不行，不可以！」他搖著頭：「你不能待在這裡，你快點走，立刻消失不見！」他瞪大眼睛，鬍子跟豪豬的刺一樣張著。「你應該安全的待在居間客棧！」

「我回來這裡……回來救你的。」莫娜說著，突然覺得自己搞砸了一切。

「救？我不需要你來救！」賀伍德先生咆哮說。

「可是賀伍德先生……大火就要燒過來了。」莫娜堅持說。

「**沒錯！**」他吼道，這次聲音甚至更大：「所以，你必須走！**立刻就走！**」

「可是……你得跟我一起……」

賀伍德先生搖搖頭說：「我不能離開，但**你**必須走。」

莫娜驚恐的往後退開，她一心只想找到賀伍德先生，卻從沒想過萬一他不肯走的話，該怎麼辦。

賀伍德先生大步走向前，將莫娜推出自己的房間，將她往樓上趕。

　　「可……可是……」莫娜結巴的說。

　　賀伍德先生根本不聽！他們一起上樓，穿過大廳，賀伍德先生帶著莫娜直接往前門走。

　　「賀伍德先生！拜託別這樣！」

　　賀伍德先生搖著頭，打開大門，一股煙飄了進來。

　　「莫娜小姐——小莫娜，」他咳著說，「你必須了解，我得保護這間旅館——為了希金斯夫婦，為了吉爾斯，為了提莉、亨利和你……」

　　莫娜轉身面對他，瞥見了掛在牆上的婚禮畫像。大夥兒齊聚一堂，中央是賀伍德先生，他們不是環繞著樹，而是圍在他的身邊。她之前一直想錯了，樹旅館並不會不見——但是卻會有危險。

　　「我必須留在自己的旅館裡。」賀伍德先生說。

　　「可是賀伍德先生，**你就是旅館存在的意義！**」莫娜衝口說。「你想救樹旅館是嗎？那麼你就得先救你自

己。走吧！」莫娜說著走到外頭，四周都是濃重的煙，莫娜很難看清楚東西，也很難呼吸。「我很愛這棵樹，我好愛它，幾乎跟你一樣愛它。可是，你已經傾盡所有的辦法去保護它了，現在就得看大樹自己的命運了。」煙把燻得她快昏了，莫娜彎身一陣猛咳，等她再次挺起身時，門已經關上了。

賀伍德先生有聽見她說的話嗎？

莫娜不知道，她只知道自己也不再安全了，她非離開不可。

接著……

門開了。

賀伍德先生從彌漫的煙霧中，大步走出來。

面對大火

賀伍德先生用一隻纏著布的手，拎著一個行李箱。

「莫娜小姐……」

「噢，賀伍德先生！」莫娜一把將他抱住。

「謝謝你，小不點。」他用嘶啞的聲音說，一邊拍拍莫娜的頭：「好了，我們得往溪床去，沿著溪床就能走到河狸

旅舍。」

　　煙比之前更濃了，嗆得莫娜的鼻子刺痛，她想到亨利提過洋蔥的事，以及他如何讓自己不受刺鼻味的折磨。莫娜用圍裙緊緊蓋住自己的臉，只露出眼睛，同時一邊緊跟在賀伍德先生後邊。現在能見度很差，她幾乎無法辨識他們要去的方向。賀伍德先生突然停下來。

　　他們來到壕溝邊。

　　壕溝外的森林火勢正盛，樹枝上冒著可怕的火星，莫娜聽到林木發出劈劈啪啪的巨響。她驚駭的往後退，賀伍德先生伸手扶住她。

　　「這邊！」他帶領莫娜說：「或許我們可以繞到後面穿過去。」

　　他們衝到樹旅館的後方，但大火也燒到壕溝外了，他們已被火勢包圍。

　　「我們拖太久了……都怪我！」賀伍德先生大喊說。

　　莫娜想開口安慰他，卻說不出話來。

141

在樹旅館的這幾個月，所有的冒險，所有的故事，都在莫娜腦中旋繞。現在，沒有故事能夠救他們了。

說不定有呢？「那條地道！賀伍德先生，雙心地道！」莫娜的聲音雖然被圍裙蒙住了，但賀伍德先生肯定聽到了，因為他直接走向花園，行李箱不止一次差點兒從手上滑脫。

希金斯先生從花園開始挖掘地道，地道通往小溪。但入口在哪裡？

賀伍德先生知道！他一推開長得過度茂盛的薄荷叢，莫娜立刻明白為什麼。

地面上有片板子蓋住地道入口。賀伍德先生把板子推到一旁。「快進去！」他大喊。

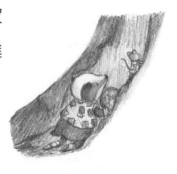

莫娜滑入洞裡，滾到乾硬的土上，賀伍德先生也跟著進來。

他們愈往深處走，溫度就愈涼爽。泥土變得潮溼了，而且飄著淡淡的刺蝟氣味。地道裡黑得什麼都看不見，他們是不是已經穿過大火底下？樹根會不會燒起來？地道能讓他們脫離險境嗎？他們終於開始一路往上爬了。

土地又變得乾燥了，他們快到了。莫娜的心怦怦亂跳。她看到光了，朦朧的光，但沒有火焰。

噗！

她從一團塵埃中出現。

地道真的有用！溪流就在他們下方，莫娜沒有時間喘氣，她回頭一看，火勢仍在逼近，在他們身後劈哩啪啦的燒著。賀伍德先生渾身是泥的從地道鑽出來，一隻手上髒髒的枕頭套繃帶已經掉了，另一隻手仍然緊抓著自己的行李箱，他用行李箱指著溪岸。

他們從溪岸往下，跑到乾燥的岩石和沙子上。

「我的行李箱！」賀伍德先生咳著說。原來箱子掉了，滾落到溪床，消失在煙霧中。他開始去追行李箱，動作笨拙而急切。

「我去拿！」莫娜大聲喊：「賀伍德先生，你快走！」

她沒等賀伍德先生回答就往前跑。

行李箱滾呀滾，最後終於停在兩顆岩石中間。莫娜匆匆跑過去拿，但箱子卡住了，不管她多麼用力拉扯，箱子就是無法動彈。莫娜心想，**我只能丟下它了**。這時……

啵！

箱子突然滾了出來──莫娜也跟著它翻滾。等她站穩後，卻再也看不到賀伍德先生了。

前面那個是他嗎？

莫娜抓緊箱子，踉踉蹌蹌的往前走。

碰！

有個東西落下來，掉在莫娜的正前方，整個地面隨之震動。

是火！

一根著火的樹枝掉落在河床，擋去莫娜的路。晃動的火焰看得她眼睛都花了。

莫娜沒辦法動彈，無法呼吸，她害怕極了。

這可是足以焚身的大火，不是一頭狼或貓頭鷹，或是慢慢就會過去的暴風雪。莫娜還以為有了地道，她便能避開這次的危險。

但她避不了。

一般來說，莫娜的平衡感很好，可是現在她覺得頭昏腦脹，手中的箱子變得好沉……

火燒得劈啪響，火星還四處亂噴，逼得好近、好大聲。在各種吵雜聲中，莫娜好像還聽到其他聲音。

不會的，不可能。

接著……

先是涓涓細流，流到溪床上，水量雖然不多，但已經足夠滅掉火焰了。接著，「嘩」的一下，水沖走了那根樹枝。

是水！

清涼美好的水。

水開始沖過來，莫娜浮了起來，直到她的腳幾乎無法踩到溪底，眼看水就要將她帶走了，就像秋天的那場暴風雨，河水上漲，將她漂送到樹旅館時一樣。

莫娜心慌意亂的伸手抓東西，但這回沒有樹根可以抓。

可是……她抓到了一隻手——不，**是許多隻手**，齊力將她拉起來，接到溪流對面的岸上。

「莫娜！莫娜！」

在場的有草莓、提莉、亨利、希金斯夫婦、吉爾斯，甚至連賀伍德先生都在。她的朋友，她的家人——所有家人——都跑來救她了。

莫娜倒在大夥兒懷裡，抱著他們不停的咳。她好高興，好開心大夥兒又聚在一起了，而且有溪水保護他們。小溪像首押韻的歌曲般，流淌在他們之間。

嘩啦嘩啦濺水花，

終於安全不害怕。

意外的故事

「莫娜！」提莉和草莓抱著她大叫。

「謝天謝地，你也安全了。」希金斯太太說，接著她轉向賀伍德先生罵道：「喬治！你到底在想什麼呢？」

賀伍德先生支支吾吾的說：「我……對不起。」

「對不起？沒時間道歉了，」提莉說，「我們得離開這裡！溪水雖然暫時護住我們，但很快就會流光了。」

莫娜沒機會追問為什麼，提莉一把抓起她的手：「快！」

莫娜試著快跑，但兩腿卻不聽使喚，根本跑都跑不動。她一路奔跑不停，實在太累了，她累到眼睛都快睜不開了。

一道橘色的火焰溜到她身邊。莫娜眨眨眼，又有火了嗎？！不對，那是一隻狐狸。是小焰！他在這裡做什麼？小焰伏下身，彷彿想讓莫娜爬上去。

他的掌上已不再纏著繃帶……而莫娜的手腳受了傷，疼痛不已……而且她被熱氣燻得頭好暈……

莫娜沒多想，便爬到小焰背上。

他的毛好柔軟，軟得像羽毛床，只是灰有點多。莫娜陷進小焰的毛裡，在沉入夢鄉之前，最後聽到的是提莉的牢騷：「不會吧！**竟然還能被載！**」

莫娜醒來時，不是躺在有緞帶拼布被子的漂亮臥房裡，或在樹旅館的頂樓休息。她根本不是在房間裡。

莫娜躺在一堆小樹枝中，天花板是煙霧彌漫的天空，有幾顆星星從雲朵間隙中閃耀著光芒，感覺一伸手就能夠摸到它們。

　　一時之間，莫娜以為自己在觀星陽臺上。

　　接著，她環視四周，看到了其他的樹枝床，有些床上睡滿了動物。就在房間的邊緣，坐著兩隻松鼠和一隻老鼠。

　　莫娜掀開用寬葉香蒲做成的薄毯子，搖搖晃晃站起來，小心翼翼的走著，因為腳下的地板──或是屋頂？──有些傾斜。莫娜走向他們。

　　「提莉？」她正想開口，結果卻先咳了起來。

　　「莫娜！」提莉驚呼說。

　　「來，小甜心，先坐下！你慢慢來。」草莓將她的椅子挪出空間給莫娜，草莓的帽子和手套都不見了，身上盡是一道道的煤灰與灰燼，莫娜知道自己一定也是滿身灰。

　　他們下邊是一方池塘──就在草地中央，池塘四

周柳樹環繞，池塘裡裝的大部分並不是水，而是各種動物。有的坐在石頭上，有的站著，或擠著抱在一起。

莫娜認出其中幾位，坐在那邊岩石上的是兔子女公爵嗎？還有那是小鹿法蘭西斯嗎？她認出了小焰，不過她的位置比大夥兒都高。

「我——我在哪兒？」莫娜吞吞吐吐的問。

「河狸旅舍，」提莉說，「或者說是……殘餘的河狸旅舍。火勢改變方向後，我們就跟著小帽來這裡了，大夥兒都來了。」

「旅舍裡面已經沒有房間了，所以我們在屋頂上騰出一些空間。」亨利突然說。

原來這裡真的是屋頂！莫娜心想。

「這邊是給烏龜用的日光浴陽臺。」亨利接著說，他指著用厚實的睡蓮葉，繃到木架子上做成的椅子。「這是做日光浴用的，是不是很棒？超圓的，而且還有點彈性！」

「別亂跳，亨利，」提莉罵道，「別弄壞任何東

西！目前旅舍是受了傷，或吸入太多煙，或無處可去的動物唯一的容身之處。」她解釋說。

「可是……我還以為河狸旅舍位在水底下。」莫娜困惑的說：「這不是一間水旅館嗎？」

接著，她想起沿著小溪流下的那些水。

「除了豪華泳池之外，旅舍已經沒有多餘的水了。水生動物就留在泳池裡。」提莉說。「看到草莓來的時候，我們就知道你和賀伍德先生有麻煩了。班哲明先生指引水生動物住進豪華泳池裡，然後要我們把水霸搗壞。他知道小溪流會流到樹旅館附近，希望能幫我們爭取一些時間找你們。」

「草莓還騎著小焰呢！」亨利說。

「**草莓嗎？**」莫娜不敢相信的看著年紀較長的老鼠。

「是的。」草莓說：「你的紙條……你應該等一等，應該叫醒我。」

「我不知道你的房間在哪裡，」莫娜說，「而且我

以為你也許會⋯⋯」

草莓深深吸一口氣，說：「也許我會阻止你，但我不確定。等我看到你的信要出門時，大火已經擋住我往樹旅館的路了。我不知道該怎麼辦⋯⋯直到⋯⋯我看到一隻狐狸。我當時害怕極了。可是，狐狸跟我說，他的名字叫小焰，他還以為我是你，他救了我，載我到河狸旅舍，他真的是一隻善良的小狐狸。班哲明就是在那時想出辦法的。」

「所以大火⋯⋯？」莫娜幾乎不敢問。

「大火還在燒。」提莉說。

莫娜望向森林，已經不再看得見火焰，她原本希望火災已經結束了，因為天空變清朗了。

「但風向變了，就快下雨了！現在隨時會下！」亨利興奮的說：「我知道，因為我是一隻會猜天氣的土撥鼠！」

「亨利！」提莉說：「你才不是，你只是跟他們交朋友而已。」

「如果蜂鳥樂樂都能當松鴉信差了，我為什麼不能當猜天氣的土撥鼠？」

「因為那不是真的！你是松鼠，就這樣！」提莉哀嚎說：「而且還是旅館的門僮！」

「不再是了。」亨利說，接著是一陣沉默。

「提莉，你能讓莫娜和我單獨處一會兒嗎？」草莓終於表示。「也許你跟亨利可以去拿一些睡蓮葉泡芙？」

「唉，」亨利呻吟說，「那個難吃死了！」

「可是，亨利寶貝，」草莓說，「你已經吃掉十個了。」

「你也算得太清楚了吧！」 亨利嘟嚷著跳開，消失在旅舍一邊。提莉跟著亨利爬下樓梯。

她對莫娜使了一個意味深長的眼色，莫娜抬抬眉毛，表示回應。她還是得把在居間客棧的一切，告訴提莉。

正當她想到這點時，提莉已離開視線了。草莓說：

「有件事我必須告訴你，小甜心。」她深深吸一口氣，

說：「莫娜，我不是你的親阿姨。」

種子與行李箱

「**什**麼？」莫娜驚愕的大喊。

「**什麼？**」有個更大的聲音跟著喊。

提莉從旅舍一側探出頭來。

草莓嘆口氣，招手要提莉過來加入她們。「你也過來吧。」

提莉害羞的坐下來。「可是那條項鍊……」她說。

「還有居間客棧裡的一切。」莫娜問：「難道你不認識我媽媽？」

「我當然認識她，但我並不是她姊姊。」莫娜望著

提莉和莫娜，接著說：「我是她最要好的朋友。」

「最要好的朋友？」提莉震驚到不行。

莫娜眨眨眼，可是……怎麼會這樣？草莓親自跟莫娜說，她是她阿姨的呀！還是……她有說過嗎？莫娜太篤定自己知道草莓的祕密了，所以當時並沒有讓草莓說完她想說的話。

「我在很小的時候就認識瑪德琳了，」草莓解釋說，「我們總在一起玩。後來，她長大了，便到居間客棧當服務生——就像你在樹旅館工作一樣，莫娜。」

草莓拉出自己的項鍊。「這顆種子非常特別，是姊妹種子。我們雖然不是親姊妹，卻跟姊妹一樣親。」

「但那不是**真的**，」提莉說，「不是**真的**！」

「為何不是？」莫娜緩緩的說。

提莉不可置信的轉向她。「姊妹必須有相同的父母，而且……那是規則！」

「所以……你不願意送我一顆姊妹種子嗎？」莫娜問。

157

「那⋯⋯那不一樣，你跟我⋯⋯」提莉啐道，「算了！看來我要跟亨利說，他可以當猜天氣的土撥鼠了！」

可是，她卻一臉笑嘻嘻的，莫娜也是。

這個透露祕密的時機或許不太恰當，甚至並不是期待中的祕密，但誰又能決定什麼才是對的呢？

就在此時，有個哼歌般的叫聲傳來了：「**下雨了下雨了下雨了！**」

也許提莉真的應該讓亨利當預報天氣的土撥鼠，他竟然預測對了！

樂樂火速的飛到池塘上空。「**蕨森林那邊下雨了！**」她大聲喊著：「**蕨森林那邊在下雨了！**」當一切被燒毀，變得醜兮兮時，天空哭了。是雨啊！雨水還沒落到他們這邊，但正澆在大火之上。樂樂終於帶來好消息，帶來**最棒**的消息了。

莫娜、草莓和提莉跳起來彼此擁抱。

大夥兒歡聲雷動——然後手舞足蹈的跳起舞來！

大熊在蜜蜂旁邊搖擺，狐狸和兔子一起跳著，連賀伍德先生都拉著班哲明先生跳起了滑稽的華爾滋，弄得泥水四濺，惹得亨利哈哈大笑。

池塘變成了一個大型舞池，青蛙和蟋蟀齊聲合唱。

莫娜、提莉和草莓連忙衝下池塘一起歡樂。

感覺整座森林的動物都在這裡了，他們都想跟莫娜聊天跳舞，其中包括蝸牛阿快、田鼠小帽、臭鼬薩茲伯里夫婦（他們在害怕時，八成又噴出臭氣了）。就在莫娜跟大夥兒說話時，開始下起雨了，這令她格外高興，因為這麼一來，她就不用一直捏著鼻子了。

慶祝時，穿著圍裙的水獺送上睡蓮葉泡芙給大夥兒吃，草莓用雨水做了一整壺的香茅茶。

滴落的雨水甘甜清涼，莫娜閉上眼睛，抬起鼻子，雨水從她的鬍鬚上滑落，浸溼她的毛皮。

「莫娜？」

莫娜張開眼，看到提莉拿著半塊種子蛋糕，就是被她們分成兩半的那半塊。提莉還沒吃掉，可是……

莫娜伸手到自己的圍裙口袋，掏出她的小包打開。「你看，」她說，「我真的很抱歉，提莉，我不是故意弄碎的。」

「沒關係。」提莉說。「我在想……」她在雨中舉起種子蛋糕，「也許我們根本不想吃……也許……」提莉任雨水將她的蛋糕溶掉，沖走，直到只剩下兩顆種子。

姊妹種子，那是屬於她們的。

到了早上，情況就不同了，四周一片安靜。火滅了，可是然後呢？大夥兒都不敢回森林裡，害怕看到大火造成的破壞，其中也包括了樹旅館的員工。莫娜之前盡量不去想他們心愛的老橡樹，可是現在卻忍不住了。

草莓再度表示，居間客棧的大門永遠對她敞開。知道有個地方歡迎她，是很窩心的事。不過同時間，莫娜必須留下來陪提莉與賀伍德先生。

「我可以理解的，小甜心。」草莓說。

賀伍德先生把大家聚集到池塘邊的草地上，草上的雨水仍閃閃發亮。莫娜的的腳都溼了，但她並不介意。她開始往森林裡走，林子邊緣的樹是綠的，但那僅是她目前所能看到景況。

　　過了綠色的樹林之後，就是一片焦黑了。

　　「所有東西都會不見。」希金斯太太抽著鼻子說。

　　「森林會重新長回來的。」希金斯先生一邊安慰著，一邊為她遞上手帕，但手帕上都是泥，根本沒法用。

　　他的話無法安慰吉爾斯。

　　「五顆橡實等級的呀。」吉爾斯伸吐著舌頭說：「樹旅館可是五顆橡實等級的旅館，我們永遠不可能再有那樣的旅館了……」

　　賀伍德先生深深吸了口氣。「雖然希望不大，但我們得先看了再說。無論如何，那是一棵非常特別的樹。」他頓一下，接著說：「至於旅館，只要我們在一起，加上這個，我們就沒問題了。」

他舉起自己的行李箱，雖然手上仍纏著布，但已經仔細包紮過了。「這得多謝莫娜小姐，幫我搶救了這只行李箱。」他對莫娜深深的點一下頭。「我真的非常感激。」

　　「一個箱子？」亨利不覺得有什麼。「我見過**很多**箱子，這箱子哪有什麼特別的？」

　　「噓！裡面有東西，亨利。」提莉說。

　　但會是什麼東西呢？莫娜屏住氣，看著賀伍德先生鬆開扣環。

　　他拿出一大捲樹皮，緩緩攤開。

　　我們堅持「保護與尊重，絕不以爪牙相向」。

　　「是我們旅館的精神標語！」希金斯太太大喊。

　　「我們的精神標語？」亨利看起來沒什麼感覺。

　　但莫娜可興奮了，她燦然一笑，陽光也是——輕柔金黃的光線照在牌子上，尤其是其中兩個字。莫娜一直到現在才注意到。標語的開頭，寫的就是「**我們**」。

　　那當然是最重要的！

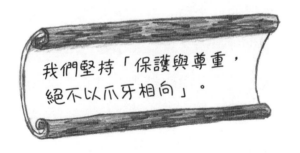

我們堅持「保護與尊重，絕不以爪牙相向」。

她看著四周的提莉、亨利和所有其他員工。

夏季很快就要過去了，所有的季節來了又會過去，樹葉會冒芽變綠，然後枯黃凋落。天空有晴有雨，她也一樣，但她會沒事的。

她有一個家，只要她跟大夥兒在一起，那裡就是她的家。

松果日報

新聞快報！
樹旅館重新盛大開幕

樹旅館老闆賀伍德先生開心且隆重的宣布，樹旅館重新盛大開幕。所有動物均受邀參加一整日的慶祝活動，免費享受種子蛋糕與冰蜜茶，參觀旅館的新設施，包括給幼齡動物使用的特殊圓形泳池，以及速迅退房的行李滑道。

想知道更多樹旅館的資訊與故事，請親洽賀伍德先生和明星員工——小老鼠莫娜。這場夏季末的派對，

定能為動物和昆蟲帶來歡樂。同時，請保持安全，吃得開懷，開心享受……無論你身在何方！

　　　　　　　　——松果日報記者，朱妮柏‧瓊斯。

（旅館重新開幕第一週的訂房費，將全數捐給「蕨森林重建會」。）

　　其他消息：居間客棧的五顆橡實評論，詳見第三頁，該客棧在這段艱困期間，大力收容了無家可歸的動物。

XBSY0039

樹旅館 4　重建溫暖的家
Heartwood Hotel: Home Again

作者｜凱莉・喬治 Kallie George
繪者｜史蒂芬妮・葛瑞金 Stephanie Graegin
譯者｜柯清心

字畝文化創意有限公司
社　　長｜馮季眉
編　　輯｜戴鈺娟、陳曉慈、陳心方
特約編輯｜洪　絹
美術設計｜劉蔚君

讀書共和國出版集團
社　　長｜郭重興　發行人暨出版總監｜曾大福
業務平臺總經理｜李雪麗　業務平臺副總經理｜李復民
實體通路協理｜林詩富　網路暨海外通路協理｜張鑫峰　特販通路協理｜陳綺瑩
印務協理｜江域平　印務主任｜李孟儒
發　　行｜遠足文化事業股份有限公司
地　　址｜231 新北市新店區民權路 108-2 號 9 樓
電　　話｜（02)2218-1417
傳　　真｜（02)8667-1065
E m a i l｜service@bookrep.com.tw
網　　址｜www.bookrep.com.tw
郵撥帳號｜19504465 遠足文化事業股份有限公司
客服專線｜0800-221-029
法律顧問｜華洋法律事務所 蘇文生律師
印　　製｜中原造像股份有限公司

2021 年 12 月　初版一刷
定價｜330 元
ISBN｜978-986-0784-91-6
書號｜XBSY0039

國家圖書館出版品預行編目（CIP）資料

樹旅館. 4, 重建溫暖的家/凱莉.喬治(Kallie George)著；
史蒂芬妮.葛瑞金(Stephanie Graegin)繪；柯清心譯. --
初版. -- 新北市：字畝文化出版：遠足文化事業股份有
限公司發行, 2021.12
　　面；　公分
譯自：Heartwood hotel : home again.
ISBN 978-986-0784-91-6(平裝)
874.596　　　　　　　　　　　　110016512

特別聲明：有關本書中的言論內容，不代表本公司／出版集團之立場與意見，文責由作者自行承擔

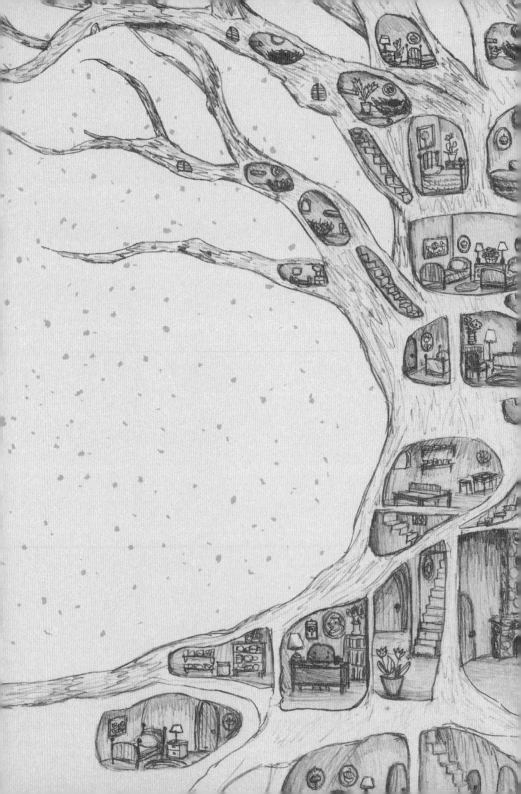

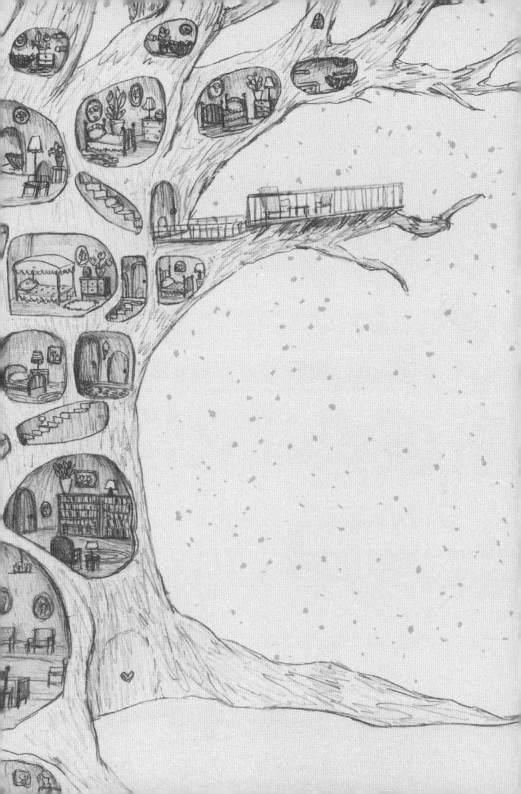